我就要自由

[日]佐野洋子 著

吕灵芝 译

目录

老少皆宜——
童话

任性的熊 / 002

现在、明天、刚才、过去 / 017

"老师,我要尿尿。" / 043

老奶奶的眼镜 / 048

老奶奶和小女孩 / 051

一起玩啊 / 054

超现实、微奇幻——
短篇故事

钱 / 060

十八年过去了 / 066

叶片之下 / 069

好可怜啊 / 072

包袱皮 / 076

我的自由 / 083

昭和十三年（1938年）出生——
我的
服装变迁史

我的服装变迁史 / 088

洋子的相簿 / 097

从少女时期到美大时期，然后……
散文

洗脸盆 / 102

大和宾馆 / 105

父亲也是爸爸 / 109

故事的能量 / 111

幸福而贫穷 / 114

毛骨悚然 / 117

当初的柏林 / 119

信子的五十音图 / 121

不会画日本地图 / 125

多么可怕 / 128

在"圆·儿童舞台"上演的传说——
儿童戏剧

山丘上的阿姨 / 134

与诗人相恋，然后结婚——
我与谷川俊太郎

谷川俊太郎的三十三个提问 / 220

我与谷川俊太郎的日与夜 / 230

1994 旅行记 / 241

编者寄语 / 245

注释 / 247

老少皆宜——

童话

大人不会长大,但是过一段时间,
大人就会一年一年变老了。

任性的熊

1 天亮啦,快起床吧

森林的深处住着一头熊。熊一大早就醒来,打开了窗户。林子里很安静。

"啊,天亮啦,是早上啦。"

熊大声说道。

悄无声息。

"干点什么好呢?"

熊在家里来回踱步。咚、咚、咚。

熊停下了。

悄无声息。

"对了。"

熊咚咚咚地走出了家门。

他在幽深的森林里咚咚咚地走着,来到了邻居松鼠家门前。熊对着松鼠的家喊道:

"天亮啦,快起床吧。"

松鼠被他惊醒了。

"熊,怎么了?出什么事了?"

"没有事。天亮了,该起来了。"

松鼠看了一眼闹钟,顿时生气了。

"别吵了,你看现在才几点钟?还是晚上呢。真是个奇怪的家伙。"

说完,松鼠重新盖上被子,睡起了大觉。

"哈哈哈,我叫醒了松鼠。叫醒睡觉的家伙真有趣。"

熊咚咚咚地走到了老鼠家。

老鼠跟妻子手牵着手,睡得正香。

"天亮啦,天亮啦,快起床吧。"

老鼠先生睁开一只眼,看了看窗外的天色,然后说:

"现在还不是真正的早上,别闹了。"

说完,老鼠就抱着妻子睡了过去。

"哈哈哈,我又叫醒了老鼠。"

熊咚咚咚地走到了狸猫家。

狸猫蜷成一团，睡得正香。

"天亮啦，快起床吧。"

熊大喊一声。狸猫纹丝不动，继续呼呼大睡。

"狸猫真可爱，在装睡呢。哈哈哈，但我把它叫醒了。"

熊又咚咚咚地走到了兔子家。

兔子一家不知有十二个孩子还是十五个孩子，多得连兔子妈妈都数不清。

熊拽开兔子家的窗户，看见床上躺着十四只小兔子，长长的耳朵凑在一块儿，睡得正香。

"天亮啦，快起床吧。"

熊大喊一声，二十八只耳朵齐刷刷地颤动起来。

熊飞快地跑走了。

"要是十四只都醒了，肯定吵得慌。反正我只想叫醒他们。"

小兔子们东张西望，齐声说道："我做了个被熊吵醒的梦。"然后又把长长的耳朵凑在一块儿睡着了。

熊咚咚咚地走进了森林。

他走到了鸡的家门口。

他正要扒着窗户朝里面看，鸡却站在屋顶上"喔喔喔"地叫了起来。

熊吓得一蹦老高。

"我正想叫醒你呢。"

熊对鸡大声说。

鸡说："你真是多管闲事。"接着，他又"喔喔喔"地叫了起来。

熊低头走开了，边走边说：

"哈哈哈，他说我多管闲事。"

他一路走进了林子深处。

鸟儿们在枝叶间飞舞，啁啁啾啾地唱着歌。

"早上好呀，早上好呀。"

鸟儿们对熊打招呼。

"这些鸟真讨厌，都已经醒了。好不甘心啊。不过算了。"

熊继续向林子深处走去。

他停在了枝叶繁茂的大树下。

他抬起头，对着上面大喊道：

"天亮啦，快起床吧。"

猫头鹰低声回答道：

"我一直醒着，到早上才睡觉。晚安啦。"

"真奇怪。算了，谁叫他是猫头鹰呢。"

熊又走了起来。

"唉，唉，唉，今天睡眠不足呢。"

说完，熊就躺在地上，呼呼大睡了起来。

此时，太阳已经爬得老高。

2 花，很漂亮哟

森林的深处住着一头熊。有一天，熊睡醒了，打开窗户深吸一口气。

"哈哈哈，天气真好。"

太阳高高地挂在天上，叶片在日头下闪闪发光。

"好香啊,哈哈哈。"

熊从储物间里拿出锄头和铲子,来到家门口松土锄草。

他专心致志地松土,不知不觉出了一身汗。

兔子路过了,问道:

"你在干什么?"

"种地。"熊回答。

"你要种胡萝卜吗?"兔子又问。

"不行,我不告诉你。"

熊举着锄头,瞅也不瞅兔子一眼。

"哼。都中午了,我还是回家吧。"

兔子回家去了。

熊不吃不喝地挖了一整天的地。

第二天,熊种下了种子。

老鼠路过了,问道:"你在种什么?"

"我现在很忙。"

熊瞅也不瞅老鼠一眼,这样回答道。

"难道会种出奶酪?"

"不行,我不告诉你。"

老鼠哼了一声,转身走开了。

第三天，熊在外面浇水。

狸猫走过来问道："你在干什么？"

"一看不就知道了，我在浇水。"

熊眼都不抬地回答道。

"你为什么在浇水？"狸猫又问。

"不行，我不告诉你。你要是敢把种子挖出来，我就一口吃掉你。哈哈哈。"

说完，熊往狸猫身上泼了点水。

狸猫说他是个"怪家伙"，转身离开了。

熊播的种子发芽了。

鸡走过来问道：

"这嫩芽能长成什么？"

"你真烦人。小心着点，要是啄了这些芽，我可不饶你。"

说着，熊在那片地周围竖起了栏杆。

大家都说："咱们别管熊了。"就再也没去打扰他。

熊每天下地，"哈哈哈"地笑着，打理青青绿叶。

有一天，熊早上起来，大叫一声"太好了"，飞快地跑进地里。只见那里开了一大片蓝色、红色、粉色、黄色、紫色的花朵。

"哈哈哈。"熊高兴地笑着，从家里拿来剪刀，咔嚓咔嚓地把花剪了下来。剪完之后，他把花堆在了车上。

"哈哈哈，送给兔子吧。"

他来到还在睡觉的兔子家门口，放下了红色的花。

接着，熊走到老鼠家门口，放下了黄色的花。

老鼠看见花，说道："好漂亮啊，谢谢你。"

"哈哈哈。"熊捧着粉色的花，咚咚咚地敲响了狸猫家的门，"花，很漂亮哟。"说完，他把花塞给了睡眼惺忪的狸猫。

"好漂亮啊。"狸猫说。

接着，熊又去了鸡的家。

他用蓝色的花编成花环，戴在鸡的脖子上。

"好像国王啊。"鸡感叹道，"喔喔喔！"

熊走到猫头鹰待的树下，大声说："紫色的花送给你！"

猫头鹰说:"我要睡觉了,而且我不喜欢花。"说完,他紧紧地闭上了眼睛。

熊捧着紫色的花走回去,摆在了自己家。

"哈哈哈,花真漂亮。大家都很高兴。猫头鹰真是个善良的家伙,让我把花留给自己了。"

说完,他便着迷地看着花,好久都没有动。

3 不行

某个地方有一片森林。

森林深处住着一头熊。

一天,熊早上起来,打开窗户,张开大口"啊啊啊"地深吸了一口气。

"今天是好天气。"熊说道。"昨天也是好天气。"熊又说。接着,他在屋子里打转,动起了脑子。

"前天、大前天和大大前天,也都是好天气。"

熊走进厨房,往篮子里装了两大块面包、一大壶蜂蜜,还有十二个甜甜圈。接着,他又带上了铁锹、绳子、手电筒和匕首。最后,他提着装满食物的篮子出门去了。

他来到老鼠家,老鼠正在晾衣服。老鼠看见熊,就对他说:"啊,来得正好。你个子高,帮我把这件衣服晾在高处吧。"

"不行。"熊说完,大步离开了老鼠家。

熊走到兔子家门前,兔子一家正在院子里吵吵嚷嚷。原来一只小兔子卡在树丛里出不来,急得哇哇大哭。

兔子妈妈说:"啊,来得正好。熊先生,快帮我把这孩子弄出来吧。"熊在树丛周围走了一圈,然后说:"不行。"接着,他往地上一坐,开始吃甜甜圈。

兔子爸爸对孩子说:"你快挖个洞,从地下钻出来。"小兔子哇哇哭着挖了个洞,蹭了一身泥,又哇哇哭着钻了出来。

兔子一家抱着浑身是泥的小兔子站成一排,生气地瞪着熊。熊吃了六个甜甜圈,说道:"啊,真无聊。"接着,他又大步走开了。

他走到狸猫家门前,平时总在装睡的狸猫不在家。熊说:"狸猫怎么可以不装睡呢。"说完,他就去找狸猫了。

他在森林里越走越远,突然听见一个大洞里传出了狸猫微弱的求救声:"救救我……"

熊走到洞口一看,发现狸猫掉进了又深又黑的洞底,正在哭个不停。"你等着。"熊说完,抄起铁锹把洞口拓宽了。接着,他拿着手电筒照亮洞穴,发现狸猫的尾巴被圈套卡住,哭得好伤心。

"等着。"熊把绳子拴在一棵大树上,顺着它落到洞底,用匕首切断圈套,救出了狸猫。"熊,谢谢你。"狸猫向他

道了谢,接着又说:"我累了,要回去假寐一会儿。"说完,狸猫就离开了。

熊说:"我运气真好,身上的工具都派上用场了。哈哈哈。"接着,他坐在洞边吃了剩下的食物,也回家去了。

图:佐野洋子

(出处不明)

现在、明天、刚才、过去

文子和爸爸在散步。微风吹过，树叶轻轻摇晃，反射着点点阳光。文子看着树叶说：

"爸爸，我们虽然看不见风，但是也能'看见'风呢。"

"是呀，文子真有诗人的潜质。"

"诗人是什么？"

"就是写诗的人。"

"诗是什么？"

爸爸犹豫了一会儿。

"嗯……怎么说呢，就是把看不见的东西变成话语的人吧。"

"哦？"

"小孩子都是诗人。"

"为什么？"

"嗯……怎么说呢，文子真是个哲学家呢。"

"哲学家是什么？"

"嗯……怎么说呢，就是总在思考的人。"

"爸爸是哲学家吗？"

"哈哈哈，爸爸太忙了，没有空当哲学家。"

"那很闲的人才能当哲学家呀。哲学家一定很有钱吧。"

"没有钱的人也可以当哲学家哟。"

"他们不用工作吗？"

"那就是他们的工作。"

"我要当普通人。当哲学家会变穷。"

"嗯……"

爸爸不说话了。

树叶又闪闪发光了。

"啊，有风吹来了。"

他们走到了树下。

文子张开双臂。

阳光透过叶片的缝隙落在文子的手心，圆圆的光芒微微晃动着。

文子跟随晃动的光点摆动手臂。"啊哈哈，啊哈哈，真好玩。爸爸你快看。"她对爸爸说。

"爸爸你好怪呀,全身都是斑点,变成金钱豹了。"

"你身上也都是斑点啊。"

文子拉着爸爸的手,跑向了秋千架。

爸爸走到阳光下,恢复了原来的样子。

"啊,太好了。我还以为变不回来了呢。我才不想要斑点。小辰头上就有秃秃的斑点,有三个呢。我才不想要手上、脚上或者脸上变得光秃秃的。刚才爸爸变得好像秃子呀。你可千万别再走到树下了。"

爸爸坐在长椅上,点燃了香烟。文子坐到秋千上使劲荡了起来。秋千一荡,她的裙子就鼓起来了。一会儿前面鼓起来,一会儿后面鼓起来。

"爸爸,你快看,风吹起来了。快看快看。"

"小心点。"

爸爸没有看文子,而是看着远处。

"你快看啊。"

"知道啦。"

爸爸只看了文子一眼,又看向远处,喷了一口烟。

"好了,回家吧。妈妈在等我们呢。"

"嗯,回家吧。"

二人手牵着手,走向回家的方向。

"爸爸,散步真开心。"

"是吗?"

"下次还一起散步吧?"

"到时候吧。"

"到时候是什么时候?"

"下次。"

"下次是什么时候?"

"下次就是下次。"

"下次跟到时候一样吗?"

"不一样,但是一样。"

爸爸有点不耐烦地说道。文子看着爸爸的脸,不再说话了。

他们一言不发地回了家。

中午吃蛋包饭。

"哇,哇,是蛋包饭。"

文子看着黄澄澄、松松软软的蛋包饭,高兴得直笑。

"番茄汁,番茄汁。"

文子在黄色的蛋包饭上挤了许多番茄汁。

"哎呀,你挤这么多,就尝不到蛋包饭的味道了。"

妈妈对她说。

"你喜欢的不是蛋包饭,而是番茄汁吧。"

爸爸对她说。

"嗯,我喜欢蛋包饭,也喜欢番茄汁。"

"酱汁。"

爸爸说。

爸爸在蛋包饭上浇了酱汁。

"你浇酱汁,蛋包饭就太湿了呀。"

妈妈什么都没加,直接吃了起来。

"蛋包饭是鸡蛋做的对吧?"

文子问道。

"对呀。"

妈妈嚼着沙拉说。

"都是鸡蛋,可是煮鸡蛋跟蛋包饭里的鸡蛋味道完全不一样,为什么呀?"

"因为搅拌过。"

"为什么搅拌了味道就不一样?"

"不为什么。而且蛋包饭加了胡椒盐,所以有味道呀。"

妈妈不耐烦地回答道。

文子一言不发地吃起了蛋包饭。

文子看着剩下一半的蛋包饭说:

"煮鸡蛋加了胡椒盐,味道也不一样啊。"

"都说了,因为搅拌过。"

"为什么?"

妈妈没说话。文子把剩下的蛋包饭也吃完了。

吃完饭,文子看着妈妈,又问了一遍:"为什么搅拌了味道就不一样?"

吃过晚饭,文子看起了绘本。爸爸和妈妈都在看电视。妈妈看着广告说:"现在真的什么都有呢。以前真的想不到。"

文子看着妈妈问道:"以前是什么?"

妈妈说:"就是妈妈小的时候。"

"哦?以前就是妈妈小的时候?"文子说,"那很久很久以前是什么时候?"

"就是更久以前。"

"是吗？很久很久以前，在某个地方住着国王和王后。这是白雪公主的故事。"

爸爸关掉了电视。

"外婆过去也给妈妈讲过这个故事。"

妈妈说。

"过去就是只有一个很久吗？"

"啊？"妈妈看着文子。

"哈哈哈。"爸爸笑了。

"很久很久以前是很多个很久以前哟。"

"为什么？"文子问道。

"不为什么，就是这样。以前有很多种。有很久以前，也有不久以前。"

"那昨天算以前吗？"

"昨天不算以前。等到文子长大了，现在就变成以前了。"

"为什么，为什么呀？"

爸爸妈妈都沉默了。

"我是小婴儿的时候，算以前吗？"

"哎呀,那跟昨天差不多呢。"

妈妈拉过文子,紧紧抱住了她。

"那时候的文子才这么大,手指甲只有这么一点,长得特别可爱呢。文子的指甲都是透明的粉红色,两只小脚软乎乎的,脸蛋圆墩墩的,真叫人想一口吃掉呢。"

妈妈做了个要咬文子脸蛋的动作。文子哈哈笑着躲开了。

"我不是小婴儿啦。"文子说,"我为什么会长大呀?"

"吃了饭就会长大呀。"

"妈妈也吃了饭,为什么不会长大呢?"

"因为妈妈是大人。"

"大人为什么不会长大?"

爸爸开口道:

"大人不会长大,但是过一段时间,大人就会一年一年变老了。"

"时间能看见吗?"

"时间看不见。"

"时间看不见,但是存在吗?"

"不能说存在,应该说很多现在堆积起来,就成了时间。"

"现在是现在的现在吗?"

"没错,就是现在的现在。"

"可是现在不是真的存在吧?说完现在的现在,就不是现在了。所以没有现在。"

文子突然开始东张西望。

"你瞧,现在。"她看着电视机。"你瞧现在。"她看着妈妈。"现在。"她看着爸爸。"你瞧现在。"她又说。

"啊——"她大喊一声,摇起了头。

爸爸吓了一跳,搂着文子说道:"文子?"

"啊!啊!"文子说道,"现在,现在,现在。"她不停地摇着头。

"真的没有现在呢。"

文子睡着了。她睡得可香了。

"文子,文子?"

文子好像听见远处有人在叫她。

"文子,文子?"那个声音靠近了。

"什么?"文子醒来了。

"文子。"

文子床边站着一个女人,她穿着闪闪发光的透明连衣裙。

"你是谁?"文子问道。

"是我啊,你不认识我吗?"

文子愣愣地看着那个女人。

文子的房间一片漆黑,只有那个女人散发着微光。

"好漂亮。"

文子轻轻碰了一下女人闪闪发光的裙子。那裙子凉丝丝的,沙沙作响。

"呵呵呵,很漂亮吧。"

女人笑了起来。她笑起来时,变得更亮了。

"你的声音好像妈妈。"

文子看着女人说。

"又一样,又不一样。"

女人像唱歌一样说。

"我不想当文子的妈妈,所以就不当了。"

女人又说道。

"为什么?"

"因为文子总是问为什么呀。我好累了。当妈妈真的好辛苦。所以我变回了以前的我。我没有孩子,所以你也别叫我妈妈哟。"

女人说完,原地转了一圈。长长的裙子在微光中起舞。

"你就叫我真由美吧。"

"好呀。"

文子说。

"文子,我们以后只做开心的事好吗?一起到好玩的地方去吧。"

"好玩的地方是什么?"

"就是好玩的地方。"

"可是我穿着睡衣,不能出门啊。"

"那你想穿什么?"

文子看着真由美说:

"我也想穿真由美那样的漂亮衣服。"

"原来是这样啊。那多简单,你自己看看吧。"

文子从床上爬起来,拍了拍自己。原来她也穿上了跟真由美一样闪闪发光的长裙,还有一模一样的银色鞋子。

"真由美,你什么时候带来了这条裙子?"

"没有什么时候。时间并不存在。因为时间不存在最好了。我一点都不会长大。"

"我也是吗?"

"对,是不是很棒?"

文子听了,渐渐觉得这样很棒。

"我像是绘本上的天使一样吗?"

文子滴溜溜地转了起来。

"哈哈哈,你瞧着吧。"

真由美刚说完,文子就觉得背后阵阵发痒。她转过头一看,发现自己长了一对白色的翅膀,正在微微颤动。

"我真的变成天使了。"

"当然呀,真好看。"

她们站在了一片鲜花盛开的原野上。原野的尽头是一棵蓝色的大树,像撒了银粉一样闪闪发光。花香变成了小小的液滴,缓缓流淌着。

远处传来了弹奏木琴的声音。那是小溪穿过花海的叮咚声。

"这是什么地方?"

"哪里都不是,也没有哪里。"

"那里呢?"

文子指着原野尽头的蓝树说。

"也没有那里。"

真由美说。

二人站在了蓝树底下。

蓝树像玻璃一样透明,深蓝色的叶片哗啦啦地摇晃。蓝树的另一头还有许多蓝色透明的树,远处是一片淡紫色的森林。

"你瞧,没有那里也没有这里,没有时间也没有空间。"

真由美用清脆的嗓音,像唱歌一样说道。

不知道有没有小鸟呢——文子心里想。于是,文子面前就有了两只白孔雀,展开了美丽的羽毛。

好漂亮啊,那有没有大狮子呢?

文子站在了红色夕阳照耀下的草原上。银色鬃毛的狮子坐在文子身边,眺望着远处。

蓬松的银色鬃毛在夕阳的映照下,反射出橙红色的光。

真由美躺在狮子旁边,凝视着夕阳。狮子开始缓缓舔舐真由美的脸。

"别这样,好痒啊。"

真由美笑着抬起手，抓住了狮子银色的鬃毛。

"真好，我也想跟狮子玩。"文子心里想。

文子骑在狮子背上，缓缓穿过夕阳下的草原。真由美叼着一根草，走在狮子旁边。

文子抓着狮子蓬松的鬃毛。

"哈哈哈，真舒服。真由美，你也想骑狮子吗？"

"不想啊。"

真由美慢慢走着，又拔了一根草，把叶子含在嘴里吹了起来。

文子好想永远保持这个样子。于是，文子感觉到自己永远永远都能骑在狮子背上。真由美在旁边呼呼地吹着草叶。狮子每走一步，文子就摇晃一下。她渐渐有了睡意。狮子在同一个地方不停地走，文子在它背上一颠一颠地打盹儿。她不时睁开眼，狮子依旧走在同刚才一样的黄昏草原上，始终走在同样的地方。真由美依旧在呼呼地吹着草叶。文子有点腻了。

"我玩腻了。"

文子对呼呼吹着草叶的真由美说。

"是吗？"

"真由美呢?"

"不会啊。"

真由美又吹起了草叶。

文子又一颠一颠地打起了盹儿。

她不时睁开眼环视四周,狮子依旧走在同刚才一样的黄昏草原上,真由美呼呼地吹着草叶。

"在哪里休息休息吧。"

"不是说了没有在哪里吗?"

真由美吹着草叶,对文子说。

文子与真由美站在了海边。蔚蓝的大海一望无际,看得人眼睛生疼。波浪哗啦哗啦地冲上海岸,像白色的蕾丝一样弯弯曲曲地摆动。

圆形的白色泡沫像蕾丝的镂空一样炸开,组成了各种各样的花纹,消失又出现,出现又消失。

真由美跪在地上,双手掬起细沙,看着它一点点滑落。

"我还有翅膀吗?"

文子问真由美。

"有啊。"

真由美掬着沙子说。

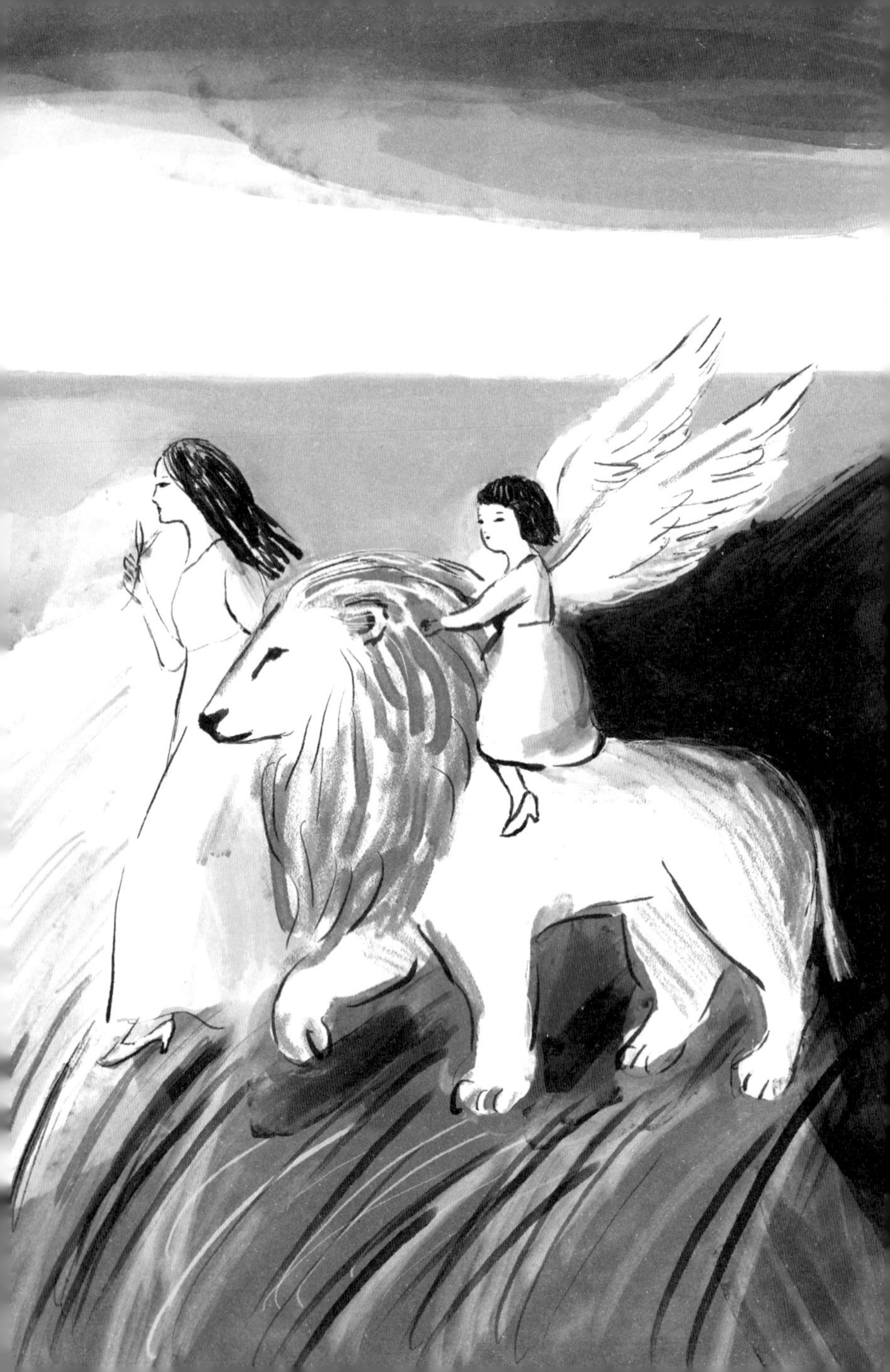

文子扭头一看,白色的翅膀轻轻晃动。

"我一直都是天使的样子吗?"

文子问道。

"只要文子想,就一直是。"

真由美看着细沙从指尖一点点滑落。

"如果我一直是天使,那真由美就一直是真由美吗?"

"是呀。"

"一直一直都是?"

"没有一直一直这样的时间,只有现在。"

文子张开手心,看着自己的手。

"我的手也一直一直不会长大吗?"

"不会呀。"

文子凝视着自己摊开的双手。

"文子,跟我在一起很无聊吗?"

真由美一边掬起沙子,一边说。

"不知道。"

"你真笨。"

"不知道。"

"我喜欢现在这样,因为这样不辛苦。"

"辛苦是什么？"

"辛苦就是辛苦。"

"因为我要问为什么吗？"

"嗯，也因为这个。另外还有很多要操心的事情。"

文子站起来走到水边，脱掉银色的小鞋，站在白色的泡沫里。

"文子，不能脱鞋哟。"

真由美捧着沙子说。

"痒痒的，真舒服。"

文子在泡沫里走了起来。

"文子，不能脱鞋哟。"

文子光着脚，拎着银色的鞋子，回到了真由美身边。

"为什么不能脱鞋？"

"没有为什么，你问了也没用。"

"为什么？"

真由美用可怕的表情瞪了文子一眼。

"如果你总是要问为什么，就一个人回去吧。"

"去哪里？"

"对，就是有哪里、那里、这里的地方。"

"什么时候？现在吗？"

"没错，就是有现在、明天、刚才、过去、将来、下次的地方。"

"真由美呢？"

"我不回去，我要一直轻轻松松地待着。"

"我要怎么才能回去？"

"把鞋子还给我，折断翅膀就行。"

文子看着闪闪发光的小鞋子。它真的很好看，很可爱。

"你要是回去了，就再也穿不了这双鞋。"

文子不舍得把这么漂亮又可爱的鞋子还回去。

真由美总算露出了笑容。

"我没猜错吧，文子果然喜欢那双鞋。"

真由美坐在地上，高高地抬起了自己的脚。

在蓝色大海的映衬下，真由美脚上的银色鞋子格外耀眼。

"无论穿多久，都像新的一样。真漂亮，怎么看都看不腻。"

文子坐在真由美身边。

她把自己的小银鞋摆在了面前。

真由美放下脚,两腿并拢起来。闪闪发光的银鞋子也整整齐齐地排列在身前。

"我有点寂寞了。"

文子说。

"谁叫你脱掉鞋子了。"

真由美说。

"好像是呢。脱掉鞋子就觉得寂寞了。"

"那就快穿上。"真由美积极地说,"快穿上吧。"

文子定定地看着可爱的小银鞋。

"我不穿。"

真由美又露出了吓人的表情。

"我可以折断翅膀吗?"

真由美的表情依旧不变。

"你想变成普通的女孩子吗?等你上学了,可能会被坏孩子欺负。等你长大了,还要生小孩。生小孩可痛了。只要穿上那双鞋,就再也不会痛,再也没有烦恼。"

"要是痛,我就忍着。"

"笨蛋。"

"笨蛋也无所谓。"

"你真是个笨蛋。等到那孩子长到文子这么大,每天要问一百遍为什么呢。"

"问也无所谓。"

"听着可累了。"

"累也无所谓。"

真由美摇起了头。

"你已经没救了。"

"没救了也无所谓。"

文子哭了起来。

"你瞧,你都哭了。穿上那双鞋,就不会再哭啦。"

"我想哭就哭。"

"知道了,知道了。"

真由美无奈地说。

接着,她盯着远处的海面看了一会儿。

"文子,你喜欢我吗?"

真由美问道。

"不知道。但是我喜欢妈妈。"

"是嘛。"

真由美安静地回答。

"文子,你过来,我帮你折断翅膀吧。"

文子走到了真由美身边。

真由美伸出双手搭在文子的肩膀上,凝视着她的脸。

"我可喜欢文子了。"

说完,她紧紧抱住了文子。

真由美身上散发着花香。

接着,真由美用自己的脸蛋贴上了文子的脸蛋。

"文子,再见。"

说完,她折断了文子的翅膀。

两片翅膀落在了沙滩上。

"真由美,再见。"

文子小声说道。

妈妈站在床边。晨光透过绿色的窗帘,洒在文子的房间里。

妈妈把手搭在文子的额头上,看起来很担心。

"妈妈?"

文子喊了她一声。

妈妈看着文子笑了。

"你一直不醒,吓了妈妈一跳。"

"为什么?"

"因为已经九点半了呀。"

文子搂着妈妈的脖子说道:"抱我起来。"

"你怎么像个小宝宝呀。嘿。"

妈妈抱起文子,坐在了床上。

"哈哈哈。"二人一起笑了。

"妈妈以前是真由美吗?"

"妈妈现在也是真由美啊。"

"不一样。是以前的真由美。"

"以前的真由美?嗯,的确也有以前的真由美。妈妈以前可漂亮了。"

"我知道。"

"哎,为什么?"

"妈妈也会问为什么呢。"

"那当然啊。为什么?"

"没为什么。妈妈,你是不是讨厌我问为什么?"

"怎么会呢。你是小孩子,当然要问很多为什么才能长大呀。"

"可是你有时会生气。"

"因为妈妈也会觉得烦啊。而且,有时文子问的为什么,妈妈也不懂。"

"啊?大人也有不懂的事情吗?"

"当然有啊,有好多呢。"

文子脱掉睡衣,穿上牛仔裤和T恤,说道:

"我不穿银色的鞋子。"

妈妈好像没听见。

"妈妈,我跟爸爸去散步时,可以只穿布鞋吗?"

"为什么?"

妈妈叠着文子的睡衣问道。

图:纲中一弦

(《新潮现代童话馆1》,新潮文库收录,1992年1月)

「老师，我要尿尿。」

老师今天又穿了新衣服。领子上有白色的蕾丝，蕾丝是三角形的锯齿，每个锯齿都有三角形的洞。透过三角形的小洞，可以看见老师的脖子。如果我也能穿有蕾丝的衣服，露出三角形的脖子皮肤，那该多好呀。

可是老师很快就面向黑板，画起了苹果。老师背着身子，衣服上的蕾丝就被头发挡住，看起来像穿了很普通的白色衣服，一点意思都没有。老师画了三个苹果，又走开几步画了个圆形，在里面画了许多小点。

"这是橘子。"老师背着身子说。原来是橘子啊。老师画橘子上的小点时，粉笔灰哗啦啦地掉下来，比写字时掉得还多。

我也好想拿着粉笔在黑板上画小点啊。老师画了五个橘子，转过来说："大家听好了。"我马上举起手大声喊道：

"我知道，是八个！"老师瞪了我一眼说："先听到最后。"大家都转过头来盯着我，我很不好意思，就一直低着头。

老师让全班同学齐声念"一二三四"，一直念到了"八"。我想：那不就是"八"嘛。但是我不好意思跟大家一起念，就一直低着头。

"然后邻居家的阿姨又拿来了四个苹果。小彻，你上来画四个苹果吧。"

小彻跑上去，画了四个特别大的圆形。大家哈哈大笑起来。我也笑了几声。笑着笑着，我就不再害羞了。

接着，老师在黑板上写了"加法"，又竖着写了几个数字，还画了加号，带领大家数了十二和十六。

美智子被老师叫起来回答问题，但她一直站着不说话。美智子被老师点名了，也一直不说话，跟大家一起玩的时候，也一直不说话。

"好了，坐下吧。"老师说完，又叫了清起来。清得意地回答了"十五"。美智子还是面无表情地坐着不说话。我有点害羞，知道答案也不敢举手，所以没有事情做，觉得很无聊。我突然觉得坐在凳子上很憋屈，心里特别不舒服。我的手自己举了起来，嘴巴自然地说出了："老师，我要尿尿。"老师盯着我说:"快去吧。"

我走出教室,身体软绵绵的。接着,我突然觉得很轻松,变得好开心。走廊很安静,一个人都没有。我第一次看见没有人的走廊。一点都不像学校。我觉得有点得意,高高兴兴地去厕所了。可是走到了厕所,我还是不想尿尿,就挨个摸了摸厕所的门,绕着厕所转了一圈,又回到走廊上,慢悠悠地边走边看贴在墙上的练字和绘画作品。在没有人的走廊上看见"光"字,就好像从未见过一样,显得特别新鲜。

上国语课的时候,我又觉得很憋屈。我很想到走廊上,让身体软绵绵的,然后轻松起来。我的手突然举起来,我说出了:"老师,我要尿尿。"这时,美智子也举起手来小声说:"我要尿尿。"因为美智子平时只会说"嗯",我听见她说这么多话,有点吓了一跳。

我站起来,打算跟美智子一起上厕所,可老师却说:"到这里来。"我们走到老师旁边,老师又说:"站在这里。"大家都笑眯眯地看着我们。我特别害羞。早知道这样,就算无聊我也不举手了。我不知道该摆什么表情,就很正经地站着,但是我的脸渐渐有点累了。等我回过神来,脸上已经是笑眯眯的。就在这时，我听见旁边传来"呜呜呜，嘤——"的声音。我转头一看，美智子哭了。她站在那里哭了。我很快就明白了，美智子真的想尿尿。她就等着我举手呢。再看地上，她果然尿裤子了，还打湿了鞋子。

"老师，美智子。"我大声喊道。老师正在装模作样地念一首名叫《春天》的诗。她连忙走过来，"哎呀呀呀"地说着蹲在美智子面前，看着不断流出来的小便。

我在鞋柜那里等美智子。美智子提着装了脏裤子的塑料袋，一言不发地拿出了自己的鞋子。

"美智子，你可不能学我啊。"我对她说。"嗯。"美智子说。"对不起啦，美智子。"我又说。"嗯。"美智子说。

美智子明明不是学我，老师怎么就不明白呢？美智子真的很想尿尿啊。她跟我并不一样啊。

然而，我还是对美智子重复了一遍。"你可不能学我啊，对不起。""嗯。"美智子说。然后，我们就一言不发地走了起来。

图：泽野公

（出处不明）

老奶奶的眼镜

在一座小镇的一条小路旁,住着一位老奶奶。老奶奶每天坐在对着庭院的窗边。老奶奶实在太安静了,就像画框里的画。

到院子里来拾毽子的女孩说:

"你一出生就是老奶奶吗?"

老奶奶静静地看着女孩。

女孩对另一个女孩说:

"这个老奶奶真坏。"

"也许她很善良啊。"

另一个女孩说。

到了夜里，木条窗盖住了小窗户，小房子仿佛合上眼睛睡着了。

老奶奶坐在房子里，看着老爷爷的照片说：

"我一出生就是老奶奶吗？我才没有一出生就是老奶奶。"

老奶奶拉开了壁橱的抽屉。

抽屉里放着好多旧眼镜。老奶奶坐在椅子上，仔细地擦起了眼镜。

擦好眼镜后，老奶奶对着灯光照了照镜片，随后戴上了眼镜。

眼前一片模糊，什么都看不见。

前方突然出现了小小的庭院。

是老奶奶家的庭院。

院子里有个小女孩的背影，她正在摘蒲公英。

小女孩突然转过头，像是听见有人呼唤她。

"哎，那不是我吗？"

小女孩站起来，又突然倒在地上，哇哇大哭。

"第一次见到老头子，他把我推倒在地上了。"

这时，眼镜又变得一片模糊，什么都看不见了。

老奶奶连忙戴上了下一副眼镜。

一个年轻的女人坐在公园的长椅上

她戴着宽檐草帽,上面还系着粉红色的绸带。

"我记得那是我的帽子。所以那个人是我。我还是第一次看见自己的背影呢。老头子什么时候都能看见我的背影。"

年轻的女人回过头,还招了招手。

"我在笑。我还是第一次看见自己笑呢。我笑起来那么可爱,老头子怎么能不喜欢上我呢?"

图:泽野公

(出处不明)

老奶奶和小女孩

这是一片被夕阳染红的大草原。

火红的太阳渐渐沉入了地平线。

天空是火红的,一望无际的地平线是火红的,近处的草叶反射着金光。排列在地平线上的长颈鹿全都成了红色的影子,缓缓地、缓缓地走动。

一阵风吹过,草原泛起绿叶的波浪。远处有个穿着短裤、头戴白帽的小女孩。

小女孩手上拿着枪。她举枪对准了慢慢走过的长颈鹿。

"砰——"

一声巨响,长颈鹿的影子倒下了。

别的长颈鹿或是挤成一团,或是四散逃开,火红的地平线变成了一条直线。

小女孩转过头,咧嘴一笑。

那个小女孩是老奶奶。是老奶奶年轻时的模样。

"快住手!"老奶奶大喊道。

火红的草原消失了,一只黑猫瞪着两只金光四射的眼睛站在那里。

"我不想做那种事。"

"不对,老奶奶。你坐在椅子上织毛衣时,心里总在想那种事。你想看见一大群长颈鹿沐浴在非洲大草原的夕阳中。你觉得自己只要再年轻一些,就能看见了。"

"对,我是想过。但也只是这样啊。"

"如果你真的很年轻,真的去了非洲,一定会想开枪。"

老奶奶嘤嘤地哭了起来。

图:泽野公

(出处不明)

一起玩啊

我在学校都假装不认识小泰,因为小泰学习没我好,总是挨老师骂,还总是被罚站,黝黑的脸涨得又红又黑。而且,他还经常用袖子蹭清鼻涕,甚至扯出一些半干不湿的鼻涕疙瘩。

小泰住在我家隔壁,每天放学回到家,他都把书包往门口一扔,跑到我家来喊:"一起玩啊。"

我跟小泰总是跑到河堤上,找到什么就玩什么。看见草芯发红的酸酸草,我们就拔出来用门牙咔哧咔哧地咬着吃。看见虎杖草,我们也掰来吃。我们还用力扯葛藤,薅掉上面的树叶,交叉缠绕在运动鞋上,号称这是"海盗鞋",得意扬扬地到处走。

紫藤结了豆子,我们就爬上去,挑细长的豆荚扯下来,当成刀剑打仗玩。我还趁小泰不注意,在裤子里藏了好多

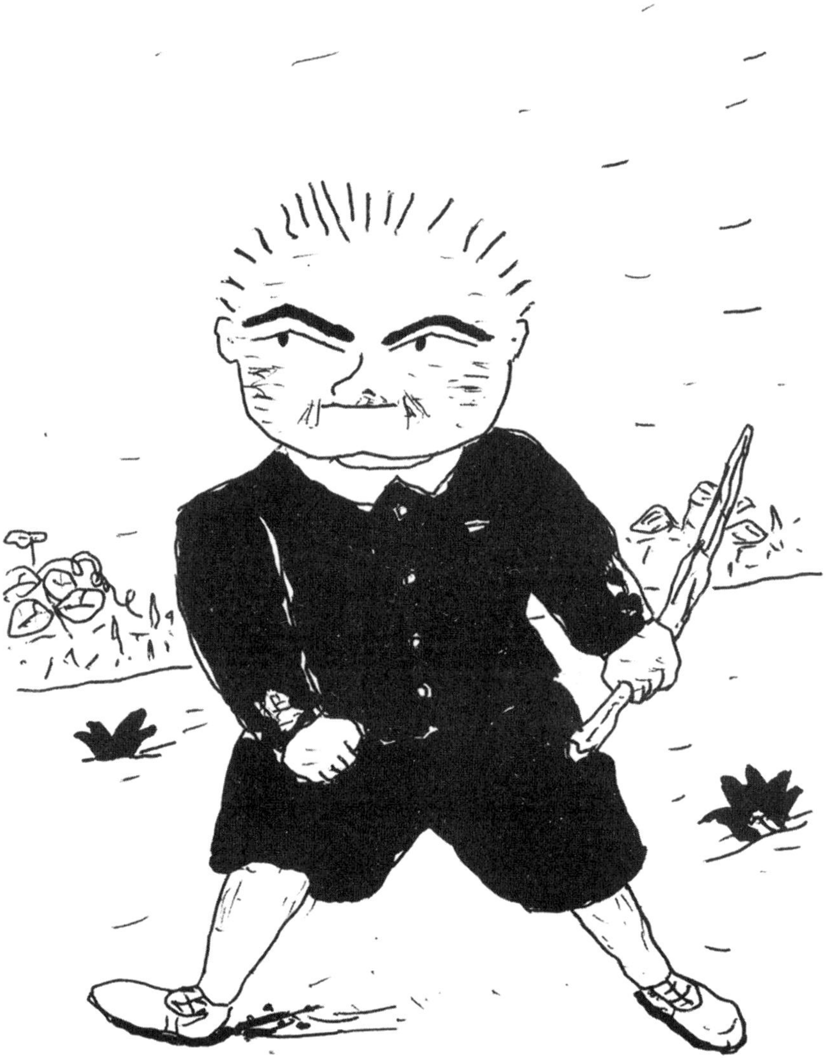

豆荚，在他背过身时朝着他的脑袋和后背使劲扔。"你太坏了。"小泰气得脸色又红又黑，朝我扑了过来。

我们看见长得像小钟，下摆像裙子一样张开的白色小花，就摘下来舔一舔，粘在鼻子上玩，然后粘得满脸都是，仿佛两个脸上长满白疮的妖怪。

我和小泰见到什么都能拿来玩。见到花花草草，我们从来不会老老实实地欣赏，都要摘来玩。

不过小泰也有从来不去碰，只会远远地看得着迷的东西。

那就是雅子。雅子长得又白又瘦，有一双大大的褐色眼睛，总是斯文地穿着平整的花边小衣服。

小泰经常在教室里呆呆地看着雅子，像在欣赏漂亮的花朵。但他好像从来没想过走近她。

图：饭野和好

（出处不明）

老少皆宜——童话

超现实、微奇幻——

短篇故事

那个声音消失时,我发现它也很寂寞。

钱

"太不甘心了。那个臭男人骗了我。昨天他写信来说辞掉了工作,我很担心,就跑去看他了。"

"你跑去看他干什么?"

"要是能帮上忙,我肯定想帮忙啊。"

"可你都跟他离婚了,没有关系了啊。"

"我觉得做人不该这样。这世上最理解他的人是我,而他也只能对我真心倾诉。"

"真的吗?我倒觉得他最不想得到你的帮助。后来呢?"

"呜……呜……后来……呜……我见到了这辈子最不想见到的东西。"

"什么啊?"

"唉,我说不出来。呜呜呜……"

"到底怎么了啊?"

"那人已经结婚了。屋子里走出来一个女人。"

"啊？骗人的吧。"

"你猜那人说什么？他离婚的时候说，他要一个人死在外面，再也不想结婚了。你知道我有多吃惊吗？他又找了个女人！她还问我是谁！我说我是佐佐木，她说她也是佐佐木。"

"哦？"

"她一月就跟他结婚了！我十二月才离婚啊。"

"那有什么办法，你们都分居好几年了。"

"他那个家里面都是粉红色的，门牌还是史努比呢。外面还晒着棉被。"

"然后呢？"

"我说'打扰了'，然后进去了。"

"嗯，然后呢？"

"我叫她泡茶，她说'好'。"

"接着呢？"

"接着我就喝了茶啊。你觉得那个臭男人为什么不说自己结婚了？太坏了。我不会客气的。"

"你要干什么？"

"拿钱啊。拿他的钱。"

"他不是没有钱嘛。"

"我得索要抚恤金。"

"我说你啊,要是一直洁身自好,对他一心一意,索要抚恤金倒没什么。可你不是早在六年前就出轨了嘛。能要到吗?"

"我就知道你会这么说。哈哈哈。因为你都知道了。"

"就算我不知道,你自己也清楚得很啊。"

"话是这么说,只要他不知道就行了。"

"你啊,在这种事情上就是很古怪。"

"怪吗?我觉得自己一点都不怪。我就是不想让他找别的女人。"

"可你是被抛弃的女人啊。"

"你能不能别说这个?"

"你只能接受现实啊。"

"我就是不想思考这个。"

"能不能拜托你改变观念,祈祷全世界的人都能获得自己的幸福。"

"我就是不愿意嘛。我想叫上那两个人谈判,你也陪我去吧。"

"谈什么啊?"

"钱啊,当然是谈钱。"

"你要我做什么?"

"当我的战友。那个女人好像特别善解人意。"

"你到底知不知道啊,要是那女的说'请便',你就一败涂地了。"

"反正胜负已定,我早就不在乎什么一败涂地了。"

"就因为这样,你才没必要继续让她胜你一筹了。你总归是有尊严的吧。为什么要用尊严换金钱呢?"

"那有什么关系,尊严没有钱重要。我现在除了钱,还能要到什么呢?还是不带你去了,你搞不好会说不要钱。"

"我肯定说。"

"但你不想见见那个女人吗?"

"想见。"

"听说臭男人还对她说,不忍心看她独自老去呢。"

"原来如此。"

"我告诉她了,那人也对我说过同样的话。他还买了大额保险,也跟我那时一样。你说人怎么就只会干同样的事情呢？都二十年了，能不能有点进步啊。他竟然用同样的方法勾引女人，简直不可思议。"

"是这样吗？"

"还有更气人的。我问那女的喜不喜欢古典音乐，她说没感觉。臭男人以前口口声声说，两个人在一起的绝对条件是爱好一致！就因为他的长笛和我的钢琴很配，我们才结婚的。现在呢，他却说两个人要有各自不同的爱好才好！你说这算什么事啊，气死人了。"

"看来二十年过去，他有所长进了呢。"

"那有什么好长进的，凭什么光长进对我不利的地方啊？"

"其实对你也很好啊。前妻没必要一直端着配偶的架子。"

"那还用说吗？我都不想见到他。"

"那不挺好嘛，这下你能开始新的人生了。你不觉得很轻松吗？"

"太奇怪了。我出门前还觉得他信上的字有气无力，担心他出了什么事，回来后连他的字都不想看见，把信揉成一团扔掉了。"

"哦？"

"我只剩下那个人了。"

"哪个人?"

"当然是现在这个男人啊。我要对他一心一意。"

"好吧好吧,随你的便。"

"但钱还是要拿的。"

"他不是没钱吗?"

"他有地啊。之前他说地不值钱,我就没过问,后来一查啊,他二百万买的,现在已经值一千万了。他又骗了我。气死人了。"

"你要用什么借口管他拿钱?婚都离完了。"

"我知道找律师不管用,所以来找你啊。"

"另外,你有什么好气的?你收入比他高,你才是有钱人啊。"

"我就是见不得他幸福。我见不得别人比我幸福。"

"比自己穷的人说他很幸福,的确有点气人。"

"对吧,你也这么想吧。怎么办啊?"

"所以你还是别要钱了。"

"不行,绝对不行。我一定要拿钱。"

(出处不明)

十八年过去了

十八年前,我们都被装在同一个容器里,互相搅成一团,都是没有个性的物体。唯独这个人,从那时起就怀抱着明确的志向。

即使在离开那个容器时,我也只是懵懵懂懂地抱着自己身边的东西,走到了社会上。

"竟然过去十八年了,真的难以置信。一点变化都没有呢。"

她歪着头,笑眯眯地看着我,眼神里尽是温柔。对着那双涂抹着厚重眼线、看起来又圆又大的眼睛,也许只有我能感觉到温柔。她把纤长的指甲涂抹得宛如非洲菊,两只白皙的手交叠在一起。那双手让她看起来像个捕获男人将其撕得粉碎的女人,可是在我面前,她总是那么温柔,散发着一丝孤寂。

也许是因为她清澈中略带沙哑的声音。

"小绿真漂亮,每次见你都这么漂亮。"

我被她深深吸引,痴迷地说。

"因为我是演员,靠脸做生意啊。"

"不不不,就算不是演员,你也很漂亮。一直都那么漂亮。"

"是吗?我可真的要相信了。"

"你本来就相信。"

"哼。"

我们一起笑了。笑完之后,她凝视着我,饱满的嘴唇微微勾起,然后张开了。

"我这辈子都在选择最适合自己的东西。我讨厌假货。就算是真货,如果太普通了我也讨厌。如果只能勉强顶用,我情愿不要。只要这么想,自然就变成我这样了。十八岁的我适合戴红宝石戒指,可是现在的我,小小的红宝石也已经配不上了。所以啊,你瞧。"

她微微昂首,向我展示了白皙的咽喉与胸口之间的大颗钻石。

"好厉害。"

"很厉害对吧。跟你说,男人花的钱,等于他对你的爱。我把所有回忆都变成了宝石。"

"你一毕业就这么想了吗?"

"那当然。我当时就决定了,绝不降低自己的纯度变成普通的杯子,必须要当白兰地水晶杯。"

你听——她突然拿着汤匙敲了敲我,我配合她发出了"叮"的声音。

"这个声音啊,是只装了水的玻璃的声音。"

我抬手弹了她一个脑瓜嘣。顿时响起了清澄透亮的声音。她的笑声……我仔细听着。明明装了上等的白兰地,那个声音为何如此寂寞?美丽的嗓音为何那么忧伤?我装过牛奶、果汁、麦茶、自来水,一口气灌进宿醉的丈夫嘴里,一点点喂进生病发烧的孩子嘴里。我从来没有宝石的回忆。我又弹了自己一个脑瓜嘣。叮——耳中回荡着自己的声音。那个声音消失时,我发现它也很寂寞。

"干杯。"

我们把脑门顶在一起,哈哈大笑。

(出处不明)

叶片之下

"嗯，反正就是这么回事。染发的人本来就不是什么好东西。坏倒是不坏，毕竟告诉他们这个道理才能称之为教育嘛。嗯，反正就是这么回事。家长从来不严格管教他们。家里大人都唯唯诺诺的，不是称职的家长。嗯，反正就是这么回事。要是换成我，早就一巴掌过去了。要是真变成那样，我就动手。嗯，反正就是这么回事。啊哈哈哈哈，别，今天我来。不不不，就让我来吧，啊哈哈哈哈。"

旁边的男人们拖拉着椅子站了起来。手持小票的男人夸张地扭着肥硕的屁股，长裤底下露出了两只八字形张开的黑色皮鞋。这人究竟是从哪儿学到走路八字脚的？也不知他十五岁那年走路时鞋子是朝什么方向的。

"亲爱的，幸福的人都很高傲呢。"

"嗯，反正就是这么回事。"

X夫人一圈圈搅拌着杯里的咖啡，看着男人们的背影笑了。

"我真的好想严格管教管教家里那位。'臭老太婆，给我泡咖啡。''来了来了。''快点啊，蠢婆娘。''好好好。'真的，我都忘了自己不唯唯诺诺的时候是什么样子。要是现在见到那样的我，无论是谁都得问一句'你哪位'呢。"

"嗯，反正就是这么回事。"

我们开心地笑了，对面的情侣看过来，一脸中年妇女真可怕的表情。

"那两个小鬼在吃全餐呢，也不知道用了谁的钱。真不可思议。"

我嘀咕道。

"等会儿去花店吧？我想在喜马拉雅雪松底下种一百株白百合。等到一百株白百合都开花了，一定很漂亮。我已经种了三棵杨树，在玄关门前。每次那孩子说臭老太婆赶紧去死，我就抓起钱包到园艺店去。什么都不想，不由自主地去了。我家可美了，杨树底下开了一大片花菱草。我还给它们捉虫呢。什么都不想。有一次不知哪里来的老太太突然停下来,夸我的花好漂亮。她还说这里开了那么多花,每次路过都觉得这个家里肯定住着特别幸福的人。我吓了一跳。一般人肯定都看不出来吧。比如那孩子拿走了信用卡,他父亲肩膀上有好大一块淤青,这些都没有人能看出来。还有我总是脑子空空地给叶片捉虫,不知不觉就蹲下来抚摸山茶树的叶子。然后呢,老太太抬起头来欣赏杨树叶在风中摇摆。我也看见了。真的好漂亮。白墙衬着绿叶。我在二楼窗口看见的。那孩子顶着黄毛从杨树的枝叶间闪过。老太太一定是没看见他头上的黄毛。她还对我说:'看见有人那么幸福,我也觉得很幸福,真是谢谢你。'我惊得嘴巴都合不拢。真的想不通为什么,我就是很想要长叶子的东西。"

(*Trainvert*, 1998 年 8 月号)

好可怜啊

"那个啥,那个啥,我是说……那个什么。"

我深吸一口气。

"红色西装,我借给你的红色西装,用完了能不能还给我啊?"

总算说出口了。我已经下了千百次决心,十次十二次走向电话,三次拿起话筒,三次都说了"还好吗?"最后展开了全无关系的话题。

"哦,你说那个啊,我都没穿。因为我觉得扣子有点大了。如果不是金色的倒还好说。"

我很生气。

那天,这个人搓着手对我说:"拜托了,拜托了,把它借给我吧。算我欠你一个人情。"她还眨巴着眼睛说:"这衣服太适合我了。"暗示我又矮又丑穿了不好看。我还一次都没穿过呢。

"我最近一直都没买新衣服,你说,我是不是好可怜啊?"

你眼妆太浓了,粉底太厚了,显得皱纹很深。我暗自嘀咕。

"不能总穿同样的衣服吧,这样麻美好可怜啊。"

"哦?可我每次参加家长委员会,都穿牛仔裤呢。"

"你当然无所谓啊。"

为什么我就无所谓?

我拼命鼓励自己要有话直说,因为这是我的衣服啊。

"你不喜欢真是太可惜了。我今天一直在家,你随时拿过来吧。"

我飞快地说完,又深吸了一口气。话筒已经被汗水打湿。

"啊,今天不行。麻美要上马术课,我得送她去。"

"是吗?那你回家时过来一趟吧。把东西交给管理员就好。"

我把话筒换到了左手。

"你怎么回事啊,想吵架吗?因为一件衣服就要破坏我们的友谊吗?"

"我没怎么啊,就是想穿。明天就想穿。"

"你不是还有别的衣服吗?前不久还买了那件褐色的连衣裙吧。你真好啊,想买什么衣服随时能买。我什么都买不了。"

"因为我每天早上七点半出门,挤高峰期的电车去公司上班,再挤电车下班回来,还要去超市买材料做晚饭啊。五郎不知道有多寂寞呢。"

"五郎当然无所谓啊。我可不能工作,因为麻美好可怜啊。马术课很贵的。你到底怎么想的啊,又不是不知道我刚买了奔驰。你知道车贷有多贵吗？我都没钱了。"

"是吗？那好吧。你有空再拿来吧。"

"好烦啊。你都不知道我有多可怜。不过像你这种开国产二手车的人肯定不懂。"

电话挂断了。我定定地、愣愣地看着话筒。话筒上的小洞沾满了细密的水珠。

图：佐野洋子

（*IBM USERS*，年份不明）

包袱皮

"我以前还是包袱皮时。"

包袱皮说。

"啊,对呀,我都忘了。"

老鼠鬼鬼祟祟地钻出了墙洞。

"我以前还是包袱皮时。"

包袱皮说。

四把坐面破了洞的藤椅对着彼此,滔滔不绝地讨论美国总统选举。

四把椅子都听见了包袱皮的声音。

"我以前还是包袱皮时。"

包袱皮又说。

"离过婚的人会有劣势啊。""可是苏也不太行吧……""我以前还是包袱皮时。""你说什么呢,现在不也是包袱皮吗?

如假包换的包袱皮。所以我觉得苏应该等待被任命为副总统。""不,我现在算不上包袱皮。我说我以前还是包袱皮的时候。""知道了知道了,苏对自由主义阶级……""我之所以是包袱皮……"

女藤椅尖声说道:

"知道了。从一早到现在,你都重复多少遍了?能不能安静一会儿,我们都没法说话了。老人就该有老人样,不要多嘴。"

"我真的不在乎谁当总统。只要这仓库能安静一个小时,我就能一句话也不说,默默地想事情了。"

"我以前还是包袱皮……"

"我们走吧。电车闸口旁边的旧家具店想整套收购我们呢。我已经不在乎那地方好不好了,只要不用听这老头说话,我哪儿都愿意去。"

四把椅子咔嗒咔嗒地走出了仓库,带起一路灰尘。秋天的阳光斜斜地洒进了敞开的仓门,灰尘在光晕中纷飞,悄无声息地落下。

扯破的蛛网在空气中摇摆,上面已经没有蜘蛛。三天前,它已经到仓库外面织网去了。因为那里听不见包袱皮的声音。

老爷钟早已死去。它死去时，突然发出了震动整个仓库的巨响。它的弹簧断裂了。就这样，老爷钟死去了。

"男人就该这样死啊。"一把藤椅说道。

包袱皮里的仙台平裤裙缓缓地死去了。没有人知道它死于何时。它死得很安静。等大家发现时，它已经死了。

"这种死法真有格调，突出了高贵的教养。"女藤椅按照礼数流了几滴眼泪。

"我以前还是包袱皮时。"包袱皮说道。流泪的女藤椅边哭边骂："真烦人，你难道没有感情吗？"

那究竟是什么时候的事情？是不久以前，还是三年前？包袱皮凝视着椅子们离开的仓库门，呆呆地想着。

我的脑子就像阳光下的尘埃那样朦胧。我的脑子时刻都飘舞着点点尘埃。

大家都离开了吗？我总觉得有人在这里，又好像没人在这里。

"我以前还是包袱皮时。"

包袱皮说道。

仓库里一片死寂。

门口站着一条狗。它什么时候来的？刚来的吗？还是三年前来的？

那条狗看起来像是镶了金边的紫毛狗一样。狗走进仓库，贴着地板四处嗅。昏暗的仓库衬得狗浑身雪白。那是一条雪白的纪州犬。

狗走到包袱皮旁边，伸长鼻子闻了闻。它闻了好几下，然后坐在包袱皮上转了几圈，最后蜷成一团睡下了。

包袱皮吃了一惊，然后又因为自己的惊讶吃了一惊。

"我竟然吃了一惊。上一次吃惊究竟是什么时候？"

包袱皮想不起上一次吃惊是什么时候了。

包袱皮静静地待在死去的仙台平裤裙与狗之间。

包袱皮感到自己的身体渐渐温暖起来。它紧贴着狗的身体，随着狗的呼吸上下起伏。包袱皮静静地待着，狗血液里的温度慢慢焐热了它。

"我的下面有死去的仙台平裤裙。"

包袱皮想着。死去的东西，竟如此冰冷吗？

狗嘴里散发着狗的气味。随着那股气味，一阵湿热的风吹向包袱皮。多么美妙的气味啊。闻到这股腥气，它突然很想吃点什么。它感到肚子饿了。狗的气味逐渐蒸腾起来，狗体内的血液唰唰地流淌着，渗透了每一根白毛。

"啊——啊——啊——"包袱皮呻吟着。究竟哪里是我，哪里是狗？我以前还是包袱皮时，都不曾包裹过这样的东西。

"啊——啊——啊——"包袱皮感到全身松软，仿佛要融化了。

"啊——啊——啊——"包袱皮舒展开了。

舒展的包袱皮紧紧包住了蜷成一团的狗身。

在我像仙台平裤裙那样死去之前，不如随着这条狗的心脏，一起到远方去吧。我要让这蒸腾的腥气，让这令人饥饿的气味成为我的气味。

包袱皮裹着白狗离开仓库，穿过走廊，打开大门，走了出去。

白狗蜷缩在包袱皮里，以狗的形状扭动挣扎着。

"老实点，不要动。就算待着不动，你也活着。放心吧。我知道了。我知道你的气味是什么了。这是热腾腾的饭团的香气。啊，我知道了，你是一颗颗米粒晶莹剔透的热腾腾的饭团。这是白米饭团的香气。"

包袱皮来到原野上，安静地坐下了。它悄然松开了白狗。狗蜷成一团，定定地注视着包袱皮。它的每一根白毛都闪烁着银光。

包袱皮卷起四个角，轻轻抚摸白狗。

"多好啊，多香啊。这香气美妙得让人无法呼吸。"

白狗静静地蜷缩在原野上。

包袱皮在原野中央做了无数的饭团，将它们一个个摆在狗身上，让白狗充满了饭团的气味。

"神明啊，请享用吧，请享用我与白狗的饭团吧。若您享用了这些饭团,请将我与白狗带到您身边吧。"

天黑后,椅子们咔嗒咔嗒地回来了。

"那旧家具店真够讨厌的。待在那种地方示众,还不如回来听老糊涂的包袱皮说胡话。"

"这趟真是白跑了。"

"请享用我的饭团吧。"

椅子们看了一眼包着死去的仙台平裤裙的包袱皮,随后面面相觑。

"它说什么呢?""没听清。""老头,你再说一遍。""他不是说'我以前还是包袱皮时'吗?""不是那句。""老头?"

"……请享用,我的饭团……"

"啊?""死了。"

椅子们盯着包袱皮看了许久。

包袱皮把自己系在白狗的前腿上,离开明亮的原野,缓缓升上天空。

昏暗的仓库里,椅子们依旧注视着包袱皮。

图:佐野洋子

(《图书新闻》,1989 年 1 月 1 日)

我的自由

"你在干什么呢?"

我回头看着停下脚步的他。

你在这里磨蹭什么呢?难道想上厕所,又不好意思问店员吗?

我回到他身边,再次催促道:"快点,没时间了。"

他目不转睛地看着塑料假人身上的天鹅绒连衣裙。

那条裙子确实很好看。公主裙的轮廓,肩部做成了泡泡袖,用了深胭脂色的面料。小立领的领口镶嵌着斯文的串珠。

这样的衣服,给谁穿啊?真有女孩子穿得了这种衣服吗?我扯了扯他的袖子,可他还是目不转睛地盯着连衣裙。然后,他伸手拿起假人脖子上的吊牌,又凝视了好一会儿。

怎么回事?我也伸头去看那个吊牌。

一万两千日元？还挺便宜啊。

不对，开什么玩笑，那是十二万日元。

意识到那是十二万日元，我忍不住轻轻摸了一把天鹅绒面料。

柔软、温润、光滑，还有点凉。啊，真希望我死之前能穿一穿这样的衣服。如果垂下头时，下颌能感到如此温柔细腻的爱抚，我一定会感到无比幸福吧。哪怕丈夫天天凌晨才回家。

有人说过，心伤需要钱来治疗。

真是无稽之谈。我离开那件连衣裙往前走，他已经走在了我前面。他双手插在口袋里，定定地注视着脚下。他的背部、臀部和肩膀摆动的幅度，都在执拗地散发着类似杀气的气场。

怎么回事？难道他是深柜同性恋，或者女装癖，而我一直没有发现？

"走累了，不如坐下来喝杯茶吧。"

我在后面喊了一声。他回过头瞪了我一眼。"你不是说赶时间吗？""是赶时间，但我累了。"

我们走进二楼的咖啡厅，我点了咖啡，他点了巧克力圣代。

"这里人这么多,很容易累呢。"我说。他没有回答。

他拿着细长的甜点勺,挖着褐色的冰激凌送进嘴里。

一个大男人,却这么喜欢甜食。

我很努力地故作轻松地问道:"你刚才看那件红裙子干什么?"

"看什么都是我的自由。"

我顿时气不打一处来,脑中炸开了斯派修姆光线[1]。

"你难道——"

我用力攥住了咖啡桌的边缘。

"难道什么啊?"

"那东西这么贵!"

"我自己的钱,怎么用是我的自由。那是我的存款。"

"可那是你特别宝贝的存款啊。"

"那又怎么样?"

"那里面有你奶奶给的压岁钱,还有你爸爸给的压岁钱啊。今后要怎么办啊?"

"漫画杂志、模型,还有《勇者斗恶龙》,我都不买了。你有什么意见吗?"

"真的要买?"

"要买。绝对很适合她,她肯定会高兴的。"

"可是小惠才十岁啊。"

"我也才上六年级啊。"

儿子前后摇晃着悬空的双脚,满不在乎地说。

图:佐野洋子

(*IBM USERS*,年份不明)

昭和十三年（1938年）出生——

我的服装变迁史

每次一蹲下来，棉裤就会露出屁股，
还能直接拉大便。

3 岁
昭和十六年（1941年）

我的服装变迁史

3岁

我住在北京。虽然我长得并不可爱，父亲还是给我买了许多小衣服和小鞋子。我特别喜欢斗篷。有一次不记得去哪里，我在傍晚摆弄着斗篷上的带子，还试戴了好多小帽子。哥哥穿着水手领的小衣服，也戴了帽子。妈妈穿着天鹅绒的旗袍，披着有狐狸皮围脖，头和四肢的毛，脚踩高跟鞋。

酒红色毡帽

天鹅绒斗篷

羊毛裤袜

妈妈每次穿高跟鞋都会脚痛，但坚持要穿。爸爸虽然会很不高兴，但他喜欢看妈妈穿旗袍。我们一家人打扮得这么漂亮，究竟是去了什么地方呢？北京的冬天很冷，我平时都穿中国人穿的大棉裤和手缝的大棉鞋。每次一蹲下来，棉裤就会露出屁股，还能直接拉大便。父亲带我去天津时，我第一次吃到了牛肉烩饭。牛肉烩饭的颜色跟我的酒红色帽子一样，我一直记得那顿牛肉烩饭和我的小帽子。

5岁
昭和十八年（1943年）

5岁

物资开始短缺，人们开始做更生服。[2]一个认识的阿姨用父亲的久留米碎花和服给我改了小裙子，其精美程度堪比美术工艺品。小裙子的底色是藏蓝色，胸口布满了彩虹一样的刺绣。有一天，那个阿姨来到我们家，突然哇哇大哭。原来她家叔叔被当兵的抓走了。我当时觉得大人哭鼻子很奇怪，其实阿姨那年才二十八岁。阿姨做的小裙子特别耐穿，后来一直放长身量，我穿到了小学五年级。哥哥因为营养不良，撤回日本没多久就死了，我还穿着那条小裙子参加了葬礼。无论变得多么破旧，我都觉得那条小裙子闪闪发光。

家里还用各种各样的布料做衣服。哥哥的外套是毛毯做的，还被人偷走了。我们还用窗帘做了劳动服，用妈妈的和服做了裙子。

← 爸爸的久留米碎花和服改的连衣裙

6岁
昭和十九年（1944年）

哥哥要上小学，所以剃了光头。他为这个哭了整整一天。哥哥比我大两岁，还能背皮制小书包，国民服也是哔叽布的。我上国民学校时只有硬纸板做的书包。我当时在大连读书。校长穿的是军装，胸口挂着四枚勋章，腰上挂着军刀，还穿着大皮靴。开学典礼的照片背后盖着印章，上面写着"旅顺要塞司令部"。

（战斗帽／国民服）

家里给我做了上下一套的劳动服。我还第一次穿上了黑色的运动鞋。劳动服和运动鞋都是我没穿过的，当时我高兴坏了。

（防空头巾／劳动服套装／硬纸板书包）

防空头巾也让我兴奋不已，而在我还没弄清楚究竟什么时候该用它时，B29就飞过来了。每次飞机开过来，我们就要躲进合欢树下的防空洞里，其实洞口只有一块板子挡着。炸弹从来没有降落在大连。有一次我们去海边玩，防空警报响了，我只穿着内裤、包着防空头巾，一头扎进草丛里趴下。草叶戳得人很不舒服，而且又热又闷。

9 岁
昭和二十二年（1947年）

9岁

我们一家人撤回日本，去了父亲的山梨县老家。村子里只有我们一家是从国外撤回来的。我万万没想到日本竟然这么贫穷。我有当时上学拍的照片，上面是一群浑身脏兮兮，让人担心摸一下都会脏了手的小孩。每个孩子都长了头虱、双手干裂，还有不少孩子拖着两条大鼻涕。男孩子全都留着寸头，脸上长满浓疱。女孩子都穿着统一发的深蓝色劳动服，袖口因为蹭了许多鼻泥和鼻涕，全都泛着黑亮的光。每个人脚上都穿着草鞋或木屐。

> 头上长满虱子，星期天就坐在家里外廊，用密齿梳和滴滴涕筛虱子。

> 统一发的劳动服，上下一套，面料是深蓝色人造丝，油光锃亮。

> 父亲做的草鞋。用稻草和碎布编在一起，就特别耐用。

11岁
昭和二十四年（1949年）

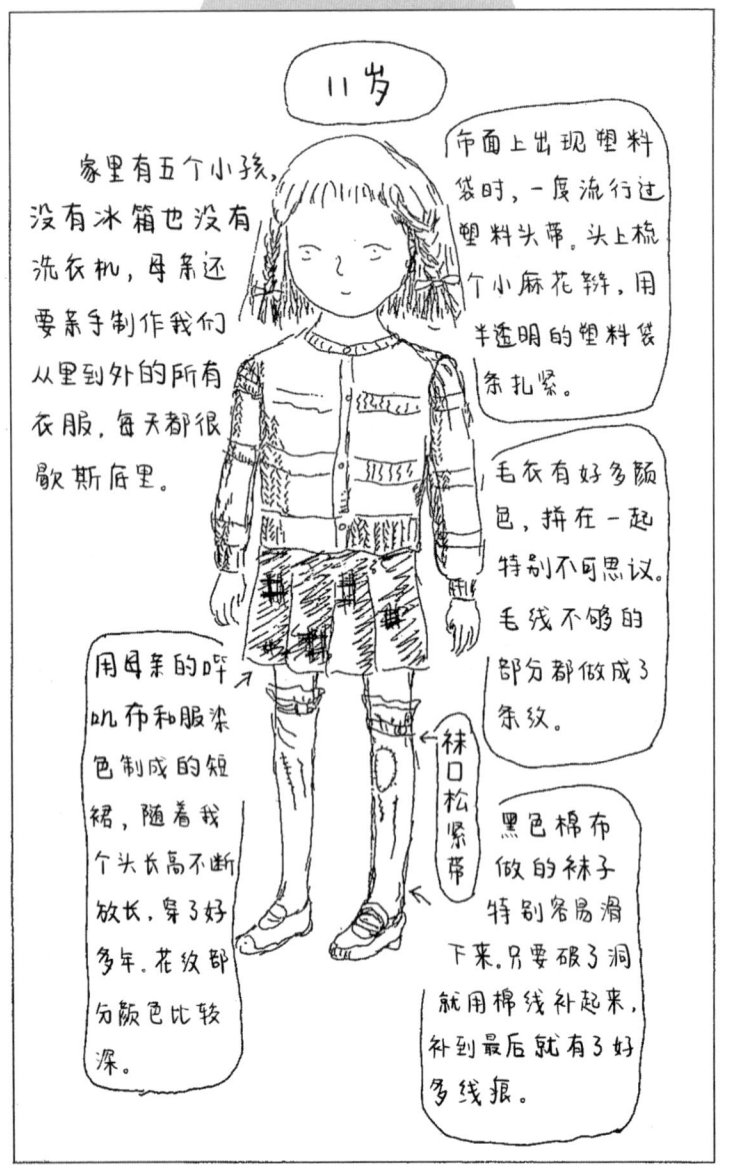

11岁

家里有五个小孩，没有冰箱也没有洗衣机，母亲还要亲手制作我们从里到外的所有衣服，每天都很歇斯底里。

布面上出现塑料袋时，一度流行过塑料头带。头上梳个小麻花辫，用半透明的塑料袋条扎紧。

毛衣有好多颜色，拼在一起特别不可思议。毛线不够的部分都做成了条纹。

用母亲的哔叽布和服染色制成的短裙，随着我个头长高不断放长，穿了好多年。花纹部分颜色比较深。

袜口松紧带

黑色棉布做的袜子特别容易滑下来。只要破了洞就用棉线补起来，补到最后就有了好多线痕。

14岁
昭和二十七年（1952年）

14岁

纯毛纱线价格昂贵，所以毛衣和裙子都用了化纤。那时我坚信，只要穿上纯毛背心裙，我就会立刻变成优雅的大小姐。

← 班上有两三个有钱人家的同学，经常穿深蓝色哔叽布背心裙。纯毛的裙子就算压在被褥底下睡一夜，第二天也松松软软，特别优雅。

不知为何，裙子上全是格子。

← 肤色的棉布袜子

母亲买了编织机，给家人做机织毛衣。那种毛衣特别硬，最开始穿的时候会往上卷。

16岁
昭和二十九年（1954年）

16岁

上高中后穿的是水手服。参加婚丧嫁娶的仪式，还有盛装出门，全都用这一身制服应付。全年穿着同样的裙子，夏天是白色的上衣。那时已经每个人都能穿纯毛哔叽了。给我做衣服的裁缝店养了猴子当宠物，衣服上都是猴子味，整整三年都没散掉。所以，即使穿上了新做的纯毛哔叽，我也散发着一股猴子味。冬天在水手服底下叠穿毛衣。制服裙的标准是二十四褶，叛逆的孩子故意做成二十八褶或三十二褶，缩短上衣长度，收细腰身，加深领口，让自己显得与众不同。

黑袜子 →

系带皮鞋

20岁
昭和三十三年（1958年）

20岁

正值青春年少，但是没有钱也没有娱乐，唯一的乐趣就是在名画影院买五十日元的票看老电影。可能因为实在没什么娱乐，各个大学都很流行举办舞会。天天都有舞会。还有同学忙着办舞会，俨然专业人士。有一天，我找同学借了一套衣服去参加舞会。第一次有男人抱过来，我慌得不知如何是好，连连说："你隔远点，再离远点。"最后吓得连舞都不跳了。

↑
这种纱裙裙也叫降落伞裙，我在里面穿了咋啦啦响的三段衬裙。

30岁
昭和四十三年（1968年）

30岁

虽然年纪不小了，我还是爱穿起短裙。我把所有裙子都改得很短，整天光着大腿，毫不遮掩自己的O形腿。就算不好看，那种开放的感觉还是令人难忘。

← 连孕妇装都是起短裙。现在看当时的照片，我觉得特别惊悚。

↑ 刚开始还没有连裤袜，稍微弯腰就会露出吊袜带。

图：佐野洋子

（《我的世代：生于昭和十三年》，河出书房新社，1978年3月刊收录）

洋子的相簿

12岁

（1950年12月26日）
日本平。与父亲、弟弟。

3岁

（1941年4月25日）
北京。与兄长。

14岁

（1952年3月）
初三毕业旅行。
左一为洋子。

17岁

（1955年7月8日）
与朋友。
左边为洋子。

20岁

（1958年）
武藏野美术大学时代。

30岁

（1968年）
身穿孕妇迷你裙的
洋子。

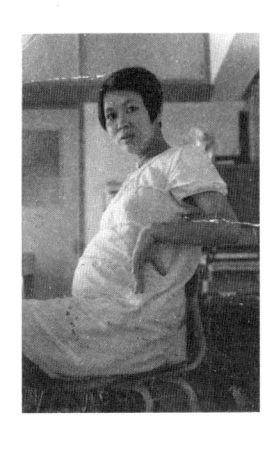

从少女时期到美大时期,然后……

散文

但我也接受了现实,认为人生就是到处丢脸。

洗脸盆

　　小时候，我跟哥哥把脑袋伸进装满水的洗脸盆里，比赛谁憋气的时间长。见到哥哥一直不抬头，我很害怕，使劲摇晃他的肩膀，可他还不抬头，我就死死抱着他喊："要死了，要死了。"这时，哥哥抬起头来，"咻"地深吸一口气，大喊一声"我死啦"，带着满脸的水，白眼一翻倒在了地上。哥哥就这么大口喘着气，翻着白眼装死。我以为他真的死了，又使劲摇晃着他喊："哥哥，哥哥！"后来哥哥又发明了新玩法，趴在地上把头塞进洗脸盆，也不"咻"地吸气，而是保持那个姿势手舞足蹈，假装自己要淹死了。这比"咻"还吓人。而且他演了好久。我骑在哥哥背上，拼尽全力想把他的头拽起来。哥哥保持着手舞足蹈的动作，不时飞快地抬起头来吸一口气。我是个老实的小孩，脑袋刚泡进水里就想抬起来。哥哥会在我抬头的那一刻用双手把我的脸按进洗脸盆里不松开。我吓得要命，明明还能憋住气，却在慌乱之中吸进了水，真的开始手舞足蹈，整个人翻过来，呛得喘不过气，最后哇哇大哭，湿淋淋地扑上去打哥哥。即使这样，我们还是不厌其烦地经常拿出洗脸盆玩这个游戏。

后来，我们把游戏时间改到了泡澡的时候。深吸一口气整个人沉进水里，直到憋不住再唰地站起来呼呼喘气。这时，哥哥还在水里。我浑身滴着水，盯着哥哥沉在水里轻轻晃动的光头。我开始担心了。过了一会儿，哥哥也唰地站了起来。我们俩气喘吁吁，一丝不挂，神情严肃地面对着彼此。后来我学聪明了，早早探出头来换气，然后再静悄悄地潜进水里。不过哥哥早就学会了这招，所以我很快就露馅了。

我不明白我和哥哥究竟在尝试什么，也不清楚那是不是真的游戏。总之，我因此学会了想象淹死的恐惧。如果我永远都无法从水里出来——展开想象时，我会在被窝里深吸一口气，然后屏住呼吸。我摇摇头，试图甩掉想象。我曾在被窝里摇着头大声唱歌，试图把脑子里的东西转为歌声。可是，我因为这样就不去河边玩耍了吗？非也。我明明不会水，还是能毫不畏惧地走进水里。

如今几十年过去了，我还是最害怕淹死。

一个月前，我去了威尼斯。上利多岛时正值日落，太阳眼看着沉进了海里。那光景就像透纳的画作。我深吸了一口气，想到若没有水反射阳光，人们就看不见这样的风光，不由得感叹水的伟大。但是我转念一想，这片仿佛透纳的画作，又好似印象派作品的美丽大海也可能将我吞噬，我就暗下决心，决不让这片夕阳辉映的水面欺骗我。

哥哥在十一岁那年的初夏死了。那天下着好大的雨。家门口的富士川发了大水，将河的两岸卷入了汹涌的浊流中。哥哥扁扁地躺在薄被里死了。隔壁的女孩子来对我说："对面那个镇有个女孩子，用坐垫裹着婴儿背到河边看水，结果她一弯腰，孩子就掉出来，被水冲走啦。咱们去看热闹吧。"

我心想，哥哥没有死在水里，真是太好了。

（1990年，刊登处不明）

大和宾馆

女人都喜欢宾馆。至少我很喜欢。

我第一次住的宾馆,是大连的大和宾馆。从北京搬到大连那天晚上,我嘤嘤地哭着跟家人走到了大和宾馆。那年我应该是五岁。我只记得自己边走边哭。至于宾馆长什么样,房间长什么样,后来吃了什么饭,全都一片空白。

后来日本战败了。从投降的那一天起,大连就到处都是俄国人。

传闻俄国人见到女人就强奸。小孩子当然不懂强奸的意思,但我觉得小孩子其实都懂。

我们把又高又大的俄国人蔑称为"露助"。

有一天,住在我家后面的阿姨一丝不挂地跑过庭院冲进了我家。

我不知道那个阿姨是被糟蹋了,还是被脱光衣服后逃了出来。

露助最喜欢抢日本人的手表,戴满两只手臂。

连小孩子都觉得露助这么稀罕手表,真是野蛮人。

露助闯进日本人家中,看见什么拿什么。

大连有个叫星浦的避暑胜地。那里很漂亮,学校组织远足去过那里,我记得看见了松树。

日本已经投降,学校都关闭了。负责带我们的鱼住静老师组织三四个学生去了远足。她带的都是偏爱的学生。

我在星浦看见了大和宾馆。大和宾馆那时好像已经成了俄罗斯军官的宿舍。

两三个俄罗斯军官朝我们走了过来。他们的军装跟露助完全不一样。

并非因为制服。因为孩子也明白人分三六九等。

军官们都很绅士,也都不年轻。

其中一个人抱起我,要带我进宾馆。因为我用俄语跟他说话了。小孩子跟猴子学人似的,很快就学会了俄语。

那个军官身上的气味告诉我,只要去了大和宾馆,就能吃到好吃的点心。

老师好像也知道军官和露助不一样,便叫我跟着去。

而我却哇哇大哭起来。

我这辈子几乎没什么悔恨，但为那天没有跟着军官走进星浦的大和宾馆而深感后悔。

那是我第一次亲身体会到人分三六九等。等级是肉眼可见的。

大连市里还有一个大和宾馆。

我虽然不记得了，可是那天边走边哭到达的，应该是市里的大和宾馆。

开进日本的军队也首先接收了知名宾馆。

我读了《消失的住宿名单：宾馆所讲述的战争记忆》（山口由美，新潮社，2009年）。

腰封上有一行字："开战前夜，发生在富士屋宾馆的日美秘密会谈。"

那一天的住宿名单被彻底清空了，直至今日都保持着神秘的空白。

那可是富士屋宾馆。

如今，我已不想解开那个谜团。我只会感慨：哦？嗯。

不能让我感慨"哦"和"嗯"的东西，都很无聊。

总有一天，专家会解开这个谜团。

有段时间，我明明没什么事，还是一个人跑到知名宾馆去感叹"哦"和"嗯"。

知名宾馆虽然有档次，但是又脏又臭。虽然又脏又臭，但我还是很感激。

有个爱面子的韩国朋友，每次来日本都要住帝国宾馆。

宾馆平时一副人畜无害的样子，其实是政治阴谋的舞台。

我每次出国也很爱面子。我在威尼斯住的是十五世纪贵族宅邸改造的宾馆。房间的地板是倾斜的，所有东西都会骨碌碌地往一个方向打滚。

(《一本书》, 2009 年 11 月号)

父亲也是爸爸

我父亲是个整天黑着脸的男人。最让人害怕的是，他每天下班都像猫一样悄无声息地溜进家里，不知什么时候就站在了我背后。尽管如此，每次父亲长期出差回来，我都要扑到他身上，趴进他怀里。父亲的大衣散发着香烟灰尘和冷空气的气味，我多想再闻闻那个气味。

我一直认为父亲是个可怕的人，但也记得父亲让我坐在他的肩膀上，金合欢树的叶子轻抚脸颊的六月的大连。第一次去海边时，我死死扒在父亲背上不撒手。真是令人讨厌的回忆。父亲竟让我一个女孩子穿了黑色的越中兜裆布[3]。我记得闪闪发光的大海，也记得海水连着一片蔚蓝的夏日晴空，但所有的美好，都被那条越中兜裆布糟蹋了。

我记得父亲用又扁又宽的手牵着我的小手走了好久，也不知走去哪里。

父亲又扁又宽的手包着我的手,那种感觉多么让人安心。

人在年幼时与父亲相处的时间应该很短。

那段时间虽然短暂,可是现在回想起来,我却发现它在我心中停留了漫长的年月。

创作这部绘本时,我从未想过自己的父亲。不过现在翻完最后一页,我突然想,这里的熊爸爸也是我的爸爸。

(第51届小学馆儿童出版文化奖要项,2002年11月,

获奖作品:绘本《熊爸爸》)

故事的能量

我小的时候，国家正在打仗，原创童话及绘本尚未普及，很难说那是一个有文化氛围的环境。

尽管如此，我还是自然而然地了解了日本传说、《格林童话》和《安徒生童话》。我想，应该是父母给我讲了他们记忆中的故事。

我家还有 ARS 儿童文学全集，所以父母也给我念过里面的《安徒生童话》和《格林童话》。全集的纸张光滑细腻，上面还有插画，我很喜欢细细地抚摸。

故事都很吓人。弟弟只要听到"浦岛太郎"就会号啕大哭。我听大人念《小美人鱼》时，也会感到跟小美人鱼同样的肉体上的痛苦。

日本的神话传说也有很多让人觉得未免有些过分的内容，每次听完我都难以释然。可不知为何，就是那些让我难以释然的故事，最后给我留下了最清晰的印象，成了永不消逝的伤痕。比如猴蟹大战，大人讲到石臼咚地砸在螃蟹背上，我仿佛能听见螃蟹壳咔咔破裂的声音，特别害怕。但我内心又觉得螃蟹真活该。惩恶扬善的故事都有让人直呼痛快的结局，同时也叫人暗道过分，这种矛盾仿佛要将我撕成两半。

我还很喜欢公主的故事，它们大都讲了一个美丽善良的女孩子最后"攀上高枝"嫁给王子，给我一个令人安心的大团圆结局。但我从小就有清楚的认知，明白自己绝不是当公主的料。

每次听那种故事，我都会兴高采烈地为公主的幸运而喝彩，但听完以后都会特别失落。因为我既不美丽也不善良，而是个像猴子一样调皮的女孩，不知究竟有多么可怕的未来等着我。由于现实主义早早在我心中扎了根，它也成了令我混乱的根源。

故事给了孩子兴奋的期待与痛苦，揭示了这个充满矛盾的恐怖世界。

如果只听幸福快乐的故事长大，那么即使成了大人，恐怕也不愿意理解这个世上的谜团与矛盾。

我在创作《大骗子》这个故事新说作品时虽然已是大人，但还是忘不掉四五岁时听过的故事。

创作的过程很快乐。当我发现一个故事可以写出许多种戏仿时，我认识到了人类超越时空与民族的巨大能量，顿时产生了"真不好意思"的羞涩之心。我就是这么一个笨拙的普通人。

我想，小时候听的故事，也许会永远存在于我的心中。

（出处不明）

幸福而贫穷

那时候,我的学校还叫"武藏野美术学校",而不是现在的"武藏野美术大学"。我欺骗了母亲这个乡下人,没告诉她那不是大学。我一心只想考艺大,但是复读了也没考上。那些跟我一起复读也没考上艺大的同伴,就像成群结队的狂徒一头撞进了武藏野美校。

美大也有许多来自各个地方的质朴青年。我在一年前同样是个质朴的乡下人。也许我们过于自大了,以致周围的学生一开始还有些害怕。毕竟那是个全员赤贫的时代,有的男生用麻绳代替腰带拴裤子,有的男生整天穿短裤、戴草帽、穿木屐,像个放暑假的小学生。那也没办法。而那个超龄小学生还四处交友,一副妄自尊大的模样。

赤贫的不只是学生,连学校的教学楼都是废旧建材盖起来的三层小楼,外面浇筑一层水泥遮羞。校园自然是并不存在的。

每到中午,小卖部就会开门卖面包。那里还卖散装香烟,两根憩牌香烟卖五日元。那时的香烟可能只有新生和憩牌。我这个赤贫中的赤贫每次都在小卖部打一个小时的零工,领一个面包和三十日元工钱。

老师每月安排一个课题,评讲结束后再安排下一个课题。不记得有没有课桌了。我甚至不记得有没有正经的教室了。有一次交课题作业,一个小个子的男生抱着大板子坐中央线去学校,风一吹就连人带板子飞了。

我们在那个貌似教室的房间里摆好作品,等待老师品评。有一次黑着脸的老师一进门就盯着作品看,看完一圈就走到学生面前拽着他的衣服说:"你这衣服不错啊。"说完就走了。

学艺术字时(那么应该是有课桌的),我后面的学生在交头接耳。前面那个看起来像个小混混的学生突然站起来走到后面,揪着说小话的学生一顿揍,揍完又大摇大摆地回到了座位。呆若木鸡的老师说了句"……因为这样",就继续讲起了课。

大家都学得很认真。小混混学生和穿短裤上学的学生都一心只想着学设计。

我 就 要 自 由

评讲那天，学生们一个个摆好自己的作品，各个都怀着由衷的紧张、惊叹和期待。不等老师评讲，我们就都明白了。何谓个性。创造的神奇。我体会到了沉睡的才能渐渐绽放的恐惧。那个假小学生花了好几个小时批评我的作品。我永远忘不了他的坦诚。

要是赶不上完成课题，那个被风吹跑的学生就会在我的出租屋帮我写字到天亮。我永远忘不了他不计得失的善良。

盛夏，我跟另一个女学生穿着吊带睡裙做课题，那时的生活真充实。

有个学生还借给我十日元公交车费，说："同为武士，惺惺相惜。"

我虽然学了设计专业，却一直画不出直角，最后没有成为设计师，而我的伙伴们，都是承载着日本设计界信息网的人。我们曾经那么贫穷，却对未来有着明确的希望和抱负，成了自己想要成为的人。我们就生在那样的时代。

那种贫穷，是何等幸福的贫穷。岁月如梦幻般流逝，我们都成了老爷爷老奶奶。

（《编辑会议》，年份不明）

毛骨悚然

我考上了美术学校的设计专业，最后虽然毕业了，但无论我怎么拼命努力，都画不好直角。我做了平面设计的工作，但专业是油画，并没有受过相关训练，都是自学成才。既然是自学成才，当初又何必上学？每次想到这里，我都很心疼交上去的学费。后来渐渐转向了创作绘本，我又没受过写文章的教育，就天真地认为："啊，绘本只要全部写平假名就好了。"

结果创作绘本成了我的职业。一旦成为职业，全部写平假名也变得很有钻研的深度了。如果只写平假名，连脑子里的思考都会变成平假名，但我就凭着这一脑子平假名也渐渐变老，跟别人一样沾染了与年龄相符的污浊。

第一次接到随笔邀稿，我觉得自己成了大人。我觉得，如果能露出一点大人的部分，或许能形成更好的平衡。

我 就 要 自 由

然而，我认为自己的本职工作是绘本作家，怎么都不想在自己租的工作室里写"字"，所以专门到咖啡馆去写"字"。只看了我六七篇短小的散文就问我要不要出散文集的编辑，真是个胆量超群的人。

我在咖啡馆写出了一本散文集，可是那个胆量超群的编辑已经离职了。我的散文集就这么没有了着落，但我并不在意。因为我只把自己当成创作绘本的专业人士，而非写"字"的专业人士，也许现在还是这样。

过了几年，有个出版社愿意把我没有着落的随笔做成"书"了。因为我没有打算继续出只有"字"的书，能够出版这么一本"字"书，我非常高兴。

后来又有些稀稀拉拉的邀稿，我又去了咖啡馆。我没有多想。回过神时，我已经出了好几本随笔集，突然感到毛骨悚然，害羞得不行。但我也接受了现实，认为人生就是到处丢脸。所有思想的转变，都是在咖啡馆完成的。

走出咖啡馆，我还是感到羞耻。我并不想接受现实。

(《新刊展望》，2000 年 12 月号)

当初的柏林

四十年前,我在西柏林待过一段时间。我在抵达西柏林之前,一直以为柏林是东西德之间的城市,西柏林外面就是西德。

去了之后,我惊呆了。原来柏林在东德的正中央,西柏林的外面完全被东德包围了。我觉得,这种事连小学生都知道。

城市中间有一条分界线,分界线上有公寓,还被铁丝网完全包围,两边都站了许多士兵。无论从哪边走出去,都是死路一条。

柏林有一条贯穿东西的林登大道,中间是高大的凯旋门,凯旋门的正中央是分界线,透过门可以看见东柏林。凯旋门前拉着绳子,两头一直都有人。也许有许多朋友和亲人都被分隔在了东西两侧。

我 就 要 自 由

分界线经过东侧公寓墙壁的地方，地上摆着许多花束。从公寓探出头，脑袋就能呼吸到西边的空气。应该有很多人从那里跳下来吧。有的人变成了花束，有的人运气好活了下来。

西柏林的人一旦去了东柏林就绝对无法回来，而且他们也去不成。以前柏林还是完整的城市时，市里有一条像山手线一样的环形电车线路。电车开到边界，乘务员和司机都要整批换掉，持有护照的旅行者只需向乘务员出示护照，就能一直坐在车上转圈。所有外国人中，不能去东边的只有韩国人。

西柏林在与东柏林的交界处盖了许多像广告塔一样的高楼和歌剧院。

超市的蔬菜格外昂贵，因为所有食材都是空运过来的。西柏林跟东京没什么两样。

那里有银座一样挂满霓虹灯的繁华商业街，也有挤满脱衣舞厅的巷子。晚上有路灯，高楼和公寓的窗户透出橙色的灯光，映着人们或是忙于工作，或是陪伴家人的身影。

（出处不明）

信子的五十音图

我的一个老同学得了奇怪的重病，全身八成的神经报废，整个人卧床不起了。她耳朵听不清、眼睛看不见、身体动不了、话也说不出来、饭也吃不下。那是日本极其罕见的疾病，医生给出了令人绝望的诊断。

所有人都觉得她没救了。她躺在大医院的单人病房里，靠洗衣机一样的设备吸氧，从鼻子灌入灰色的食物。一开始我都不忍心去看她。十九岁那年，她穿着白色泡泡袖上衣和伞裙，是个花一般的美少女。

她结婚后生了两个儿子，其间一直坚持工作，每天从巨大的冰箱里不断生产大量饭菜喂饱正在长身体的孩子，即使成了名副其实的中年妇女，依旧健康开朗地忙个不停。世界上有许多健康开朗又忙碌的中年妇女。老实说，在她得病之前，我从不觉得她有多么特别。她就是跟我这种懒虫很般配的普通朋友罢了。后来陷入了令人绝望的情况，她才变得特别起来。不，不是变得特别起来，也许是她身处那种令人绝望的情况，终于展露了最本真的自己。

首先，她的儿子们开始以惊人的热情照顾她。大儿子每天放学回来就睡在医院的陪护床上，小儿子知道家里需要钱，就搞了一辆小卡车出去卖洗涤剂。她先生经营着一家小设计公司，在她住院那一年，他除了出差那两天，每天都静静地坐在医院昏黄的灯光下守着她。

在那一年间，她慢慢恢复起来。每一次突破性的进展，都让医生为之惊叹。

一年过后，医生告诉她，医院已经无法提供治疗，而他们不能让无法治疗的患者继续住院。于是她带着绝望回了家。虽然先生专门为她设计了病床，但离开了二十四小时有人看护的医院，她家人的负担变得更重了。先生每天都睡在病床旁边的地上，一只手臂露出睡袋，用细绳与妻子的手臂相连。

更不可思议的是，他们家中总是充满笑声。

这家人究竟遇到了什么样的奇迹？

我经常去看望那个既不能说话也不能翻身的朋友。不知不觉间，我开始向她倾诉自己的烦恼。边说边哭。她吃吃地笑着，用手去指五十音图。"没关系，没关系。"她还摸着我的头，用嘴型对我说"没关系"。她的两个儿子见了，无不哈哈大笑。于是我恢复了精神。我很感谢她。她儿子说："阿姨啊，这个人比谁都乐观，还是躺在床上不乱动最好了。上回我们家冰箱坏了，大家都发愁没钱换新的怎么办，你猜这个人说什么？她说日本的不行，要买美国的大冰箱。""然后呢？""然后我们就买了呗。"无论深陷在什么状态中，只要她摸我的头，我就觉得能活下去。她对她的家人而言，是绝对不能缺少的人。就算她每次上厕所都要三个人合力帮忙。

"好想早点工作。""等身体好了一起去旅行吧。""等我好了绝对一脚踹掉那个老公。"她指着五十音图，老公在旁边哈哈大笑。

"我都没想到信子竟是这样的人。我一直以为她就是个普普通通的老婆。之前医生说，患者大概半年就会彻底绝望，导致精神出现问题。他说一般人都这样。但我们家信子完全没有。她对医生也笑眯眯的。医生都说从未见过这样的病人，所以医生也很喜欢她，特别卖力给她治疗。院长特意为她发明了放在病床下面，可以靠声波振动听声音的音响，她出院时还送给她了。病人身体不舒服，表情阴沉也很正常，可是如果太阴沉了，连医生也会失去斗志。信子虽然有时会歇斯底里，但本质是个乐观开朗的人。我真没想到她能这么坚强。"

后来，信子终于能自己走路了。

她摊开一只手，用嘴型说："五年。"她要在五年之内痊愈。

会的，会的。我这样想。

相比成为派对上人人喜欢的人，我觉得能做一个即使卧床不起，也能让身体健康的人重获生存动力的人更了不起。

我每次去探病，得到她的抚摸，最后都带着满满的能量归来。

(*PHP*，1987 年 9 月号)

不会画日本地图

我闲着没事做，跟两个同样活了六十年的朋友一道，画起了日本地图。

从青森开始，我们已经记不住岩手和山形在南边还是北边了。

新潟画得像糯米团子，好不容易画到九州了，我还以为九州有九个县。我们三个思索了好长时间，还有两个县去哪儿了？除我之外，那两个人都是国立大学毕业、基础知识很扎实的人。我们拿出地图册查了才发现，原来九州本来就只有七个县。三重县被我们完全遗忘了。自己的家乡和周边，我记得很清楚。若是自己的故乡被完全遗忘，那故乡一定会很生气。也许我们都是不配做日本人的文盲。

接着我们决定等比例地画一画每天都要用到的钱。先从一日元硬币开始。虽然每天都要用到，但画起来真的很含糊。有人坚持十日元的正面是平安神宫，也有人一口咬定那是伊势神宫，叫她画平安神宫吧，她又想不起底下到底有没有水了。那个坚称肯定没有水的家伙志得意满地在"10"字周围画起了稻穗。另一个女人说周围应该是缎带，就围着"10"字画起了波浪纹的缎带。一个男的坚称五百日元硬币上有葵花御纹，又有人信誓旦旦地说应该是花牌上的桐花纹。谁也不记得一百日元硬币上的樱花是怎么重叠的。

画到钞票就更过分了。所有人都画得比实物更大。不过有钱人画的钞票都相对更小。我似乎明白了，即使是同样的一百日元或五千日元，在每个人心中的价值也是不一样的。由此可见，人类的记忆力就是这么靠不住，我真佩服人们竟能靠这个生存下来。

一个男的精确地画出了一百美元钞票。据说他在美国很穷，花掉最后一张一百美元钞票前，曾经想尽办法把那张钞票留在身上，所以用水彩颜料精准复制了一张。按照他的说法，那张钞票复制得无比精确，连他自己都深感佩服。于是我们问他能不能画美国地图，他说："那不能叫地图。"美国的所有州都是放在桌子上用尺子描直线划分的。

而地图是人类多年发展征战的历史造就的,所以是弯弯曲曲的。

"你能想象方形的群马县吗?要是这么干,不知有多少房子会被切成两半。美国土著信奉土地乃神明所赐,并非私人拥有,就这么存在了几千年,而美国政府完全忽视了他们,用尺子划分土地,你们不觉得特可怕吗?我反正看不懂美国地图。他们连道路都是用直尺规划的,无论走多久,都是一条直线。有时在那种路上开车,我会特别想念日本这种弯弯曲曲、意义深远的道路。"

我可画不出他说的意义深远的日本地图。

(《浦和》,2000年冬季刊)

多么可怕

一个性格坚韧的美术馆策展人对我说:"长先生太可怕了。我第一次去的时候,他根本不说话。太吓人了。佐野女士不是跟我说,他那个人特别好吗?"

"就是不说话才特别好啊。"

"那……那怎么开展工作啊?"

"没问题,没问题,绝对没问题。他真的很好,不是吗?"

"我真的不懂。他一句话都不说,我害怕极了。"

"没问题的,没问题的。"

我咚咚地拍着胸脯保证道。

我总是站在远处踮着脚尖,怀着尊敬和憧憬越过人群偷偷窥视长新太先生,所以内心暗道:"你竟然敢走到他跟前。就算是为了工作,那也太不要脸了。"

曾经，我在一个书店跟长先生一起搞签售。我真是太高兴了，坐在长先生旁边，心中小鹿乱撞。然而可怕的是，一本书都卖不出去。整个书店静悄悄的，签售区更是一片死寂。

"卖不出去啊。"我忍不住说话了。"卖不出去呢。"长先生也用大山的回音般低沉的嗓音应了一声，周围重归静寂。

我们不知坐了一个小时还是两个小时，我感觉足有一千年。不时有人走过去莫名其妙地盯着我们，仿佛在说："你们俩干啥呢？"

宛如两尊地藏并肩而立的签售会结束了。长先生站起来，严肃地宣称："再会。"我只能挤出一声回音余韵似的"好"。

长先生走进人群，像烟雾般消散了。

我有时能在聚会上见到长先生。长先生身边总是挤满了女人，我只能从女人的缝隙间断断续续地瞥到他胡须打理得一丝不乱的完美面庞。

我忍不住踮起脚尖，像个跟踪狂似的远远观望。

就这样，岁月空虚地流逝了。

一天，我下定了决心。人生苦短，我一定要趁自己活着，跟长先生合影留念。这有什么不对吗？我瞅准长先生一路突击，大胆而肤浅地一把钩住他包裹在高档西装里的手臂，对着眼前那个手持相机四处走动的陌生年轻男人高喊："哎，给我们拍一张，给我们拍一张。"那一刻的我，是真正的冒险家。

年轻男人举起相机对准了我们。啊，我这辈子都值了。就在那时，有人一把推开了我。"躲开点，你来这里干什么？"就这样，我被业界第一的美女推开，我的地盘被她征服。

美女当时得意的嘴脸，我一辈子都不会忘记。那一刻的我，就像滂沱大雨之中的丧家犬。

工藤直子也很不要脸。不知是喝醉了酒还是天生粗神经，她竟然娇滴滴地说着"我说长先生呀"，直接搂了上去。太下贱了。我又回到了没有签售的签售会状态，只觉得能在他身边就特别幸福，成了没长嘴巴的人。

长先生高兴地跟工藤直子说起了话。

"有一天夜里我去泡温泉，走进了黑漆漆的露天池里。本来以为只有我一个人，没想到夜晚的蒸汽里竟然冒出来一个裸体,还朝我扑了过来。我这样这样逃开了,正要爬到石头上,那个人竟然一把抱住了我这样那样。他还是个男的呢。"

哦,原来他喝了酒会说这种话呀。

还有一天,我死死缠着工藤直子,坐到了长先生会参加的酒席的末座。"我说长先生呀"——直子又搭上了长先生的背。接着便是"有一天夜里我去泡温泉……这样这样……还是个男的呢。"

长先生的作品谁也理解不了。多么可怕。不过,长先生的沉默更令人费解。多么可怕。

今晚,长先生也在哪个酒席上,用低沉的男声讲述"有一天夜里……"吧。多么可怕。

(出处不明)

在『圆·儿童舞台』上演的传说——

儿童戏剧

她是"心情"。

世上没有什么东西比"心情"更可怕了。

丘の上のおばさん

山丘上的阿姨

演剧集团 圆 公演
圆・儿童舞台 No.18
首演：1999 年 12 月 17 日
THEATRE X（凯）
剧本：佐野洋子
导演：小森美巳
策划：岸田今日子

活的时间长，不代表懂得透彻。人最不了解的，也许是自己的心。悲伤、喜悦、愤怒，为何会充满人的身体？它们从哪里来？眼睛、心脏，还是大脑？也许从我诞生直到死亡，它们都会一直跟随着我，从不远离。希望孩子们能充分体会到许多的喜悦、悲伤和愤怒，并带着它们走完人生的道路。

佐野洋子

文内插图：广濑弦（本书专属插图）

我 就 要 自 由

● **第一景　消防署长的家**（正面是窗户）

署长正在喝咖啡看报纸。

署长夫人在收拾早餐的餐具。

路路穿着睡衣从舞台右边跑向左边，举着玩具枪对准了母亲。

路路：砰！砰！

妈妈：别闹了，快换衣服。

路路：砰砰！（对着署长）

妈妈：刷牙了吗？

路路：才不要。砰！砰！（跑向舞台右边）

妈妈：快准备好!!

路路：（在舞台看不见的地方）才不要。我不要上学。

妈妈：亲爱的，你快说两句。

署长：嗯。

路路穿着短袖衫和睡裤，抓着上衣使劲转圈。

路路：我最讨厌第一天上学了，大家都盯着我看。（哭了起来）

署长：到了第二天，就没有人盯着你看了。

路路：啊，也对。（慌慌张张地穿裤子穿鞋子）我……我……我……我得刷牙去！（从舞台上消失）

妈妈：这孩子怎么一会儿风一会儿雨的？

路路一边系衬衫纽扣一边走出来。

路路：爸爸，今天要带伞吗？

署长：嗯……

路路：报纸上不是有天气预报吗？

妈妈：（走出厨房收拾餐桌）刚才电视上标了太阳符号，今天不下雨。

我 就 要 自 由

署长：报纸和电视的天气预报都不靠谱。

路路看向窗外。

突然，外面雷声轰轰，闪电划破天空，乌云遮住了阳光。

路路和妈妈紧紧抱在一起。外面下起了大雨。

路路：妈妈，我要雨衣、雨靴和雨伞。

妈妈：来啦，来啦。

一家三口看着窗外。

咔啦咔啦。

大雨变成了冰雹。

妈妈：亲爱的，下冰雹了。

署长：嗯，嗯……

轰隆隆、咔啦咔啦。

路路兴奋得难以自持，满屋子蹦跳。

署长夫妻惊讶地看着冰雹。

不一会儿，外面安静了。

天上飘起了雪花。

路路：爸爸，下雪啦，下雪啦！（还在蹦蹦跳跳）

署长：嗯……嗯……

妈妈：亲爱的。

署长：嗯……嗯……

路路：下雪啦，下雪啦。我可以堆雪人吗？

署长：嗯……嗯……

路路：我要毛手套、毛帽子和毛靴子！

署长：等一等，等一等。

妈妈：亲爱的。

署长：嗯……嗯……

雪不知不觉变成了绵绵细雨。

妈妈：亲爱的，这里到底怎么回事？都跟你说了我不喜欢你调动工作。连路路都要跟着转学，太可怜了呀。

署长：那有什么办法，谁让我是消防署长呢。要我去哪儿我就得去哪儿。

路路： 我挺喜欢转学的。我该带伞吗？伞……伞……伞在哪里？

署长： 嗯……

路路： 啊，天晴了。变成大太阳了。

路路哈哈大笑。

妈妈： 亲爱的。

署长： 嗯……

妈妈：（抱着手臂，围着署长缓缓转圈。）

署长： 嗯……

妈妈： 你都知道，但是没告诉我，对吧。你知道这里的天气就这么乱七八糟，跟路路的心情一样。我就觉得有问题。

署长： 哪里哪里，无论在什么地方，偶尔也会有异常气象啊。

路路： 异常气象是什么？

妈妈： 就是像你这样。

署长： 不过啊……村长专门为我买了新消防车呢。这是很光荣的事情啊。

路路：光荣是什么？

妈妈：就是爸爸的新消防车。

署长：新消防车中午就到了。

路路：啊，新消防车？有水管吗？

署长：当然有。是搭载了最新装备的闪闪发光的大家伙。

路路：光荣的水管。（喃喃自语）

署长：不过话说回来，村长也没说这儿的天气变化这么大啊。他只说心情容易变化。

妈妈：他说什么？

路路：他说心情。

妈妈：谁的？

署长：嗯……

路路：爸爸，心情是一种动物吗？

署长：呃，嗯……

妈妈：亲爱的，他说谁的心情？这跟天气有什么关系？

外面又下起了绵绵细雨。

妈妈：（伸手到窗外接雨水）这是什么心情？

署长：也……也许……

路路：心情是男的还是女的？

妈妈：你说，这是什么啊？（甩掉手上的雨水）

署长：也……也许……可是……

路路看见下冰雹，就从冰箱里拿冰块扔出窗外，看见下雨就捧着水枪往窗外射，看见下雪就用玻璃盘接雪花，浇上红色的果汁吃掉。

路路：这里真棒。现在我知道了，我喜欢这样的地方。（喃喃自语）好兴奋啊。

署长：总之今天是第一天上班，快帮我拿衣服出来。第一天就迟到可不好。

妈妈：在那儿呢，昨晚就准备好了。

爸爸穿上消防署长的制服，在镜子前仔细整理胡须。

雨停了。

署长：那我走了。

路路： 雨伞呢？

署长： 有备无患。

署长把雨伞钩在手臂上准备出门。妈妈从衣柜里翻出了毛帽子和围巾，扔给署长。

妈妈： 这些都带上，还有这个!!（又扔了长靴）

● **第二景　两边满是店铺的村中大道**

（饲料店老板、服装店老板、美发师、面包店老板、面包店老板娘、汽车店老板）

饲料店老板在店门口堆满袋子，服装店老板正在打开卷闸门。

饲料店老板： 应该就是今天了吧。你瞧瞧早晨的天气……

服装店老板： 早晨那样就算过去了吧。你瞧现在天气挺好呀。（打开卷闸门，伸了个懒腰，开始做体操）我觉得，这个好天气应该能持续一段时间。

饲料店老板： 你啊，总是呆呆的。

美发师： 早上好，早上好。今天人家差点就晕过去了。好吓人，好吓人，太吓人了。真的，人家差点就晕过去了。

饲料店老板： 你？怎么可能晕。

美发师： 哎，你怎么这么说？你瞧你瞧，人家指甲都花了，妆容也不服帖了。

服装店老板： 做生意，做生意。这么好的天气，我得好好赚一笔!! 天气这么好，肯定人人都想出来逛街。

饲料店老板： 人人？我说你啊，真觉得某个人也这么想吗？

服装店老板： 那正好，谁来了我都跟他做生意。

美发师： 人家才不要。人家快晕了。

汽车店老板正在擦车。

饲料店老板： 喂，卖车的！新消防车好了吧？

汽车店老板： 今天是新署长上任的日子，我得在午饭时间前送过去。

饲料店老板：这下就放心了。记得上一辆消防车一次火灾都没救过，就变得破破烂烂了。

服装店老板：这是件好事。不对，等等。面包店不是闹过一次吗？你还记得吧，他家的法棍冒烟了。

面包店老板：那次没等消防车来就灭掉了。

面包店老板娘：哎，来了。在这儿呢，都来齐了。

路路和妈妈从舞台左侧走出来。

妈妈：大家好，我是消防署新来的火野消太郎的妻子。这孩子叫路路。

美发师：哎哟，请，多，关，照。人家都等得不耐烦啦。

妈妈：……嗯，请多关照。

路路盯着美发师，在他周围转圈圈，不时拽一下他的裙子。（好奇心完全集中在美发师身上）

饲料店老板：嗯，大家都知道，整个村子的人都在等你们呢。太好了，太好了。喂，消防署的太太来啦，消防署的小少爷也来啦。我是开店卖肥料和饲料的，你就叫我饲料店老板吧。小伙子，你家里养了东西吗？

路路：（依旧盯着美发师）嗯，爸爸和妈妈。

大家都聚集到饲料店门前。路路摸了摸美发师的腿毛。

面包店老板：这位是汽车店老板，这个恶心人的是顶级美发师。

美发师：叫人家艺术家!!

面包店老板：这家伙是服装店老板，那边还有干洗店和锅店。

妈妈：（对大家低头行礼）

路路：这个人是男人还是女人？

美发师：吵死了。人家不是女人。不对，人家不是男人。

面包店老板：小伙子，明天开始你要来买面包哟。

面包店老板娘：那是，因为咱们家的面包世界第一。

面包店老板：嗯，嗯。吃过就知道。

面包店老板娘：等着你哟。（大家交头接耳）

服装店老板： 太太，咱们店里新款时装一应俱全，每个季节的意大利流行款式、巴黎流行款式，包你挑到满意。

妈妈： 你说的每个季节，是指什么样的天气都能适应吗？

大家愣了愣。

美发师： 哎呀呀，太太，你的头发都受损了呢。

饲料店老板： 怎……怎么会呢？世上哪儿还有如此风光明媚的地方啊。

汽车店老板： 哎，你说什么胡话呢？对了小伙子，要过来看汽车吗？咱们店里有跑车，天气好的时候打开顶盖咻咻飙车，就算突然下雨了……（路路拿起水枪向汽车店老板射击）

面包店老板： 怎么会突然下雨呢？（面包店老板也被水枪射到了）哎呀，下雨了。

美发师： 讨厌讨厌，又来啦。哎哎哎？

妈妈： 路路，别闹了。对不起。

美发师： 哦……

面包店老板： 太太，这雨啊，是绝对不会突然下起来的。绝对不会。

妈妈： 真的吗？

面包店老板： 对，对对对，当然是真的。绝对不会突然刮风下雨。

面包店老板娘： 绝对不会。

妈妈： 真的吗？

汽车店老板： 我还想问你，说什么胡话呢？

饲料店老板： 你太大声了，小心点，被听见了怎么办。

妈妈： 被谁听见？这话不能被谁听见？

饲料店老板： 不不不，没什么。你快看，青青的草场，山羊和鸡都又肥又圆。（嘀嘀咕咕）毕竟平时没少锻炼。

妈妈： 为什么没少锻炼？

服装店老板： 你这人啊，管不住嘴巴，也管不住屁股。

面包店老板： 总之咱们这儿是全世界最团结的村子，大家齐心协力、互相帮助，和平得好似乌托邦……

路路： 乌托邦是什么？

饲料店老板： 小伙子，那就是天堂跟极乐世界结了婚一样的地方啊。

路路： 叔叔，不对，阿姨，你结婚了吗？

美发师： 这小伙子真烦人。

远处传来"噗噜噗噜……"的汽车声。

服装店老板： 喂，喂，喂，喂！
饲料店老板： 安……安……安静点。
面包店老板： 不对吧。
汽车店老板： 一……一定是听错了。

噗噜噗噜……动静越来越近了。

饲料店老板： 快，太太，快把孩子藏进屋子里。快点快点，绝对要上……上好锁，拉好全部窗帘。
妈妈： 为什么？为什么啊？什么东西要来了？谁要来了？
服装店老板： 现在先别问了。
面包店老板： 迟早要被发现的。
妈妈： 奇怪，太奇怪了。
面包店老板娘： 太太，快点。快跟我来。

我 就 要 自 由

面包店老板推着妈妈从舞台右侧离开。

面包店老板：喂，小伙子，快跟上啊！

路路莫名其妙地连连回头，跟着走进了面包店老板家里。

其间，噗噜噗噜的动静越来越大了。

一阵歌声也随之靠近过来。

阿姨：♪ 今天心情真好啊

　　　　天空亮堂堂

　　　　一朵云彩都没有

　　　　啦啦啦——

　　　　天气好就心情好

　　　　心情好就天气好

　　　　全世界数我最幸福

　　　　我要逛街买东西

　　　　买点什么东西呢

　　　　啦啦啦——

一个高大的阿姨开着破破烂烂的卡车出现了。

阿姨：♫ 家里猪饲料没啦

鸡的饲料也没啦

白糖正好也没啦

我正想买夏装呢

买了衣服又买鞋

煎锅底下破了洞

新锅还要配新粉

泡打粉可不能忘

阿姨：你好啊，好久不见了。我家猪吃的上等饲料有吗？（笑眯眯地看着饲料店老板）我家猪啊，只要饲料里有一点杂质就不爱吃，你懂的吧。

饲料店老板：（瑟瑟发抖）那是当然，那是当然，您这边请。我给您备好了您家专用的饲料。

阿姨：这样啊，那就大袋的拿十袋，帮我装车吧。

饲料店老板：当然，当然。

我 就 要 自 由

饲料店老板一边往车上装货，一边偷瞥阿姨。

阿姨目不转睛地看着饲料店老板。

阿姨：喂，我说你啊，今天怎么穿蓝色的衣服？我今天不想看见蓝色的衣服，只想撕碎蓝色的衣服。（阿姨的双眼冒出了火苗）

饲料店老板吓得贴在店门上。

阿姨揪住了饲料店老板的衣服。

天上突然响起轰隆隆的雷声。

阿姨：把它撕得粉碎（雷声突然停了）的心情，今天并没有。（天气瞬间转晴）今天是逛街买东西的心情。

饲料店老板松了口气。

阿姨从大钱包里拿出四张一万日元钞票。

阿姨：不用找了。我最讨厌斤斤计较。（说着走了出去）

饲料店老板掏出手帕擦了擦汗。

饲料店老板：呼……（高兴地笑了）

阿姨：哎呀，不好。（突然回头，吓了饲料店老板一跳）

阿姨瞪了一眼吓坏的饲料店老板，大步走了过去。

阿姨：我差点忘了买鸡饲料。（咧嘴一笑。老板松了口气）我之所以差点忘记，是因为看见了你的圆眼镜。

阿姨一把扯下饲料店老板的眼镜，扔在地上抬脚就要踩。

阿姨猛地一跺脚。

外面突然下起了骤雨。

阿姨：我没有想把它踩碎呢。今天我的心情真是太好了。（一只手拽过饲料店老板，温柔地给他戴上眼镜）

阿姨亲了一下饲料店老板的脸蛋。

骤雨停歇，天晴了。

阿姨：给我七袋添加了很多钙质的上等鸡饲料。咯咯嗒。

饲料店老板把鸡饲料搬上了车。

阿姨：多少钱？

饲料店老板：（胆战心惊）五千五百日元。

阿姨：消费税呢？

饲料店老板：消费税免……免掉。

阿姨：我现在想明算账，你懂吗？

饲料店老板：（瑟瑟发抖地敲了一会儿计算器）五千七百七十五日元。

阿姨拿出一万日元。

饲料店老板：（手足无措，不知该不该找钱）

阿姨：找，我，钱。

饲料店老板：好……好……好……好的。

阿姨：我现在想明算账。

这回，阿姨真的大步走了出去。

饲料店老板打开水龙头往头上浇了几把冷水，然后甩甩头。

阿姨把车停在了服装店门前。

阿姨：（慢悠悠地走进服装店）今年夏天有什么流行款式？

服装店老板：（同样夹杂着恐惧与做生意的渴望）您……您要看连衣裙呢，还……还是西装呢？

阿姨： 西装、连衣裙、睡衣、围裙、衬衣、毛衣，我全都想要，今天全都要买到。我今天就是想要一柜子新衣服。（咧嘴笑）

服装店老板在店里摆满了大号的衣服。

阿姨： 我今天想穿红衣服。红色显得人精神。卖衣服的，你说是不是？

服装店老板开始藏起蓝色的衣服。

阿姨： 不过红衣服配红围裙，穿上就像邮筒一样了。

服装店老板： 是呀是呀，真的会像大邮筒一样。

阿姨： 白围裙是不是更好看呢？

阿姨叉着腰陷入了思考。

服装店老板： 是……是啊。如果是我……

阿姨眼睛一瞪看向服装店老板。

阿姨： 如果你是我？（阿姨揪着服装店老板的领子把他拎起来）你像一根蔫黄瓜似的，而我一双大脚稳稳踩着地面，你说说，你要怎么"如果是我"？（阿姨拎着服装店老板呼呼转圈，外面刮起了大风。阿姨又咚地放下了服装店老板）今天我不是这种心情。说吧，如果你是我，会选什么样的围裙？

不知从何时起，路路已经躲在阴影里偷偷看着阿姨。

服装店老板： 最适合这件红衣服的围裙，必然是这个。

准没错。

服装店老板拿出了一条红白相间的格子棉围裙。
阿姨瞪了一眼围裙。
服装店老板吓得紧紧闭起了眼睛。

阿姨：格子棉布不是幼儿园小朋友包便当的吗，你想让我穿这么幼稚的东西？可恨！

阿姨用围裙捂着脸哭了。外面下起了雨。
随后，阿姨恢复了常态。

阿姨：这条围裙真好看，穿着它在厨房忙活，谁都能一眼看出我是个优秀的厨师。(咧嘴笑)

雨停了。
阿姨又买了红色睡衣、红色毛衣和裙子。
服装店老板渐渐得意起来，但还是有点战战兢兢。

服装店老板：如果是我……（专心推销。阿姨瞪了他一眼）如果是我，在外面干农活或喂猪的时候，会穿一件牛仔连体工服呢。红色显得人精神，猪和菜叶都会跟着精神百倍。

阿姨：哎，你知不知道我如果不穿着蓝色工服喂猪，猪就会食不知味？一直一直都是这样！要是猪不认识我了怎么办？它们会觉得后妈来了呀。后妈……后妈……（嘤嘤地哭了起来。外面下起绵绵细雨）

我现在不是那种心情。（恢复原状）红色的连体工服啊，给我一百年我都想不到呢。红色工服真好。（放在身上比画）

服装店老板胆子越来越大了。

服装店老板：（小声）怕什么，男人要有胆量。豁出去了！
（大声）如果是我，还会在工服里面配一件修身衬衣。工服必须是红白色横纹的才行。就算太阳从西边升起，我也不会改变主意。（摇头晃脑，惊讶于自己的勇气）
（模仿阿姨的声音）别胡说八道了，我家祖祖辈辈好几百年，穿的都是褐色衬衣——给我脖子来个空手道锁喉。（呼啦）脑袋飞去那边啦（呼啦）……哎，还在呢。

阿姨：（咧嘴笑）红白色横纹啊，穿起来真是太显年轻了。那件当然也要了。我现在想马上显年轻。就穿着走吧。

服装店老板送阿姨进了试衣间。
阿姨走进去，服装店老板使劲想关上门。

阿姨： 这么小的试衣间，我怎么进得去啊？哎呀，屁股卡住了。

服装店老板： 整……整个店都是客人的试衣间。不会有人看的，我帮你盯着门，没有人会偷看！

阿姨穿好红色工服和衬衣，走出了试衣间。

阿姨： 你的品位还真不错。

阿姨捧着服装店老板的脸蛋，把他抬起来亲了一口。
阿姨又给了服装店老板很多钱。老板数完钱吓了一跳，越来越大胆了。

服装店老板： 嘿，宝贝。这是赠品，你收下吧。（给阿

姨戴上红帽子）

阿姨："嘿，宝贝"？你是在叫我吗？从来没有人对我说过"嘿，宝贝"。看来我不能放过你啊。你知道我多少岁了吗？

阿姨逼近了服装店老板。
外面传来了不知是什么的震动声。

阿姨：但我完全没那种心情。哎呀，好高兴。这个服装店老板真大方。拜拜，宝贝。（抱着许多袋子走出去。服装店老板吓得瘫软在地，忙着数钱）

阿姨走到面包店门前唱起了歌。

阿姨：怎么觉得有点烦躁呀
　　　　怎么觉得快乐不起来呀
　　　　身体和脑袋都有点奇怪呢

阿姨摇摇头，帽子就飞了。接着，她挠了挠头。
阿姨看见了理发店。

她隔着窗户看见美发师在屋里慌张地跑动。

阿姨大步走过去，贴近了窗户。

阿姨：喂，喂，你在里面吧。

美发师在屋里跑动的声音。

美发师：今……今天休息，不开店哟。

阿姨：骗人。

美发师：人家妈妈病重……

阿姨：骗人。你对自己的才能没有自信。你不懂得怎么让我的发型和心情合拍!! 还说自己是艺术家。

美发师：你……你说什么呢？气死人家了。你……你进来吧。不……不要，别进来。求求你了，快走吧……不对，人家要做，做就做，做了就好了。

阿姨走进理发店。

店门关闭，只能听见声音。

阿姨： 发什么呆呢，快干活吧。

美发师： 坐在这儿吧，先洗个头。不对，背过身去。（哗啦啦的水声）好了，坐到椅子上吧。哎呀呀，你这头发怎么跟热带雨林一样？

阿姨： 你的工作不就是把热带雨林修理成花园吗？给我剪漂亮点，要适合我这个大美女。

你……你拿着这么大的剪刀想干什么啊？

美发师： 别吵吵，快闭嘴。

咔嚓咔嚓的声音。

阿姨： 啊，啊，啊！别……别剪那么多呀。不要啊，别剪啦。

美发师： 别乱动，你这糊涂虫。你瞧，多好啊。人家真是个天才。你瞧你瞧，这线条多漂亮啊。（咔嚓咔嚓）

阿姨： 呜哇——

在外面偷看的人吓得跳了起来。

路路不知不觉混入了人群。

阿姨：呜哇——

一片死寂。

阿姨：太，棒，了。

阿姨顶着挑染成绿色的短发兴高采烈地走出来。
她在门口摆了个造型。
美发师也高高兴兴地走了出来。

美发师：（自言自语）我刚才……啊，啊，我没有说"糊涂虫"吧。
面包店老板：你说了。
美发师：我真是天才，是艺术家。

美发师靠在墙上，开始瑟瑟发抖。
阿姨经过面包店门前。
面包店老板和老板娘在店里紧紧抱成一团。
路路的妈妈好奇地张望着。

面包店老板： 她走了。

面包店老板娘： 她走了。

面包店老板： 亲爱的，我爱你。啊，啊，亲爱的。

面包店老板娘： 我……我……我也永远爱着你。亲……亲……亲爱的。

面包店老板： 我今天特……特……特别爱你。

妈妈： 那到底是谁？

面包店老板： 是什么。不是谁，是什么。

面包店老板娘： 嘘！

路路跟在阿姨后面走。

阿姨摇头晃脑。

阿姨： ♪ 我变得这么漂亮，心情却不算太好呢。

嘿，嘿，我懂了

心情为什么不好

因为车子颜色不对

嘿，嘿

我想开鲜红的汽车

只属于我的鲜红的汽车

它一定在等着我

嘿，嘿

嘿，嘿

只属于我的鲜红的汽车

你一定要等我呀

汽车店老板听见歌声跳了起来。

店里的消防车盖着布。

阿姨大摇大摆地走了进去。

阿姨： 嘿，你好啊。

汽车店老板： 来啦，你好啊。（说完把自己吓了一跳）

阿姨： 一直在等我的我的爱车在哪里？

汽车店老板： 如果是牛奶店老板，他一定会说："这种时候，牛奶店老板想要的车只有牛奶店老板知道。你这人连脑子都变成雪白的牛奶了吗？自己的事情自己想。"

阿姨： 哦，是吗？（阿姨嘎巴嘎巴地掰着手指关节走了过去）那不如把你的脑袋劈开看看吧。也许把你的脑袋劈成两半，我的车就会跟着脑浆一块儿流出来。

汽车店老板：今……今天我一直等你来呢。我……我……我这耳朵能把你的车跟垃圾车弄混吗？

阿姨：那你说说怎么不一样了。

汽车店老板：那……那……那其实是一模一样的。（吓得语无伦次）啊哈哈哈哈。

阿姨：哈——哈——哈哈。不愧是我的汽车店老板，太了解我的心情了。

汽车店老板：（小声）你的心情连老天爷都看不透。（依旧吓得语无伦次）啊哈——哈——哈。太对了。要买车尽管找我吧。

阿姨：呵呵呵，这小伙子真可爱。你觉得我做事情，可曾找过别人帮忙啊？

汽车店老板：（一边画十字一边独白）老爸，老妈，原谅我。我真的打算孝敬你们，给你们养老送终。我长到十八岁还在尿床，是个彻头彻尾的胆小鬼啊。可是今……今天实在太害怕了，我竟然胆子变大了。这下我的小命恐怕再也保不住啦。阿门。（转大声）那可跟买锅买盆不一样啊。事关买车，劝你还是交给我吧。原谅我，老妈。阿门。

阿姨：哎呀，感觉今天跟你很合拍呢。

阿姨逼近汽车店老板。

阿姨：你还磨蹭什么呢！快来跟我一起看车。

阿姨拎起汽车店老板，放在地上。

汽车店老板：明白了。你先看看这本产品图册吧。

阿姨：你明白的吧，我想要红色的汽车。你有没有鲜红的卡车？

汽车店老板像机器人一样动作僵硬地走到了店外。
阿姨瞪大双眼，叉开双腿站着，双手抱在胸前。
汽车店老板拉着红色的板车从阿姨面前走过。

阿姨：我说你啊，我可不是小孩子。给我一辆没安引擎的车，是让我滑雪橇玩吗？

我 就 要 自 由

汽车店老板拉着板车穿过整个舞台。

阿姨右手握拳,砸在左手掌心。

然后噼噼啪啪地捏响了关节。

汽车店老板在消防车前吓得跌了一跤。

盖着消防车的布被扯掉,露出了消防车。

阿姨:哇啊——

汽车店老板控制不住笑容,试图用手捂着脸。

阿姨:哇啊——这么红的车,我从来没见过。真好看,真好看啊。正适合我的心情。

阿姨跑过去,拉出车上的水管。

阿姨:我可以用它给卷心菜田浇水。五个小时的工作十五分钟就能做完。呀嚯!这水喷起来跟下雨似的,真热闹。我猜它能喷好远好远吧。

汽车店老板依旧笑眯眯的。

汽车店老板：（小声）我肯定是疯了。（大声）还没完呢，你拉开梯子看看吧。阿门。用它打扫您家的烟囱，早饭前就能搞定啦。

阿姨抓着水管走了过去。

阿姨：我干吗要在早饭前打扫烟囱，干吗要在早饭前把这身漂亮的红色工作服弄黑？你说啊！（外面的天突然阴了）你明知我现在没那个心情。（扭动身子。外面又变亮了）

真是太棒了。我那座大房子的大烟囱里正好有山雀筑巢了呢。原来你发现了呀，果真不简单。真可爱。

阿姨抬起大手戳了一下汽车店老板的脸蛋。
汽车店老板跳起来，脸上还保持着笑容。

汽车店老板：（轻轻摸脸蛋）啊，啊，啊，好像捅穿了。才没有。

我 就 要 自 由

（指着红色板车）你看不见这个吗，小瞎子？这是用来装你摘下来的卷心菜的。

阿姨瞪大眼，用力点点头。

阿姨：绿色的卷心菜和红色的板车，搭起来就像过节一样呢。

汽车店老板：（小声）确实像。

阿姨：不只是卷心菜。我还能用它拉着家里的猪出门兜风呢。我现在那辆破车根本配不上我家可爱的小猪猪。

汽车店老板：（大声）我还有跟它特别般配的可拆卸式车篷呢。天晴也不怕，下雨也不怕，全看老天爷心情，世上一切都是两眼一抹黑。

汽车店老板说完话后，吓得双手捂住了嘴。

阿姨：全看老天爷心情……世上一切都是两眼一抹黑……

阿姨高举双手，狠狠拍在汽车店老板肩膀上。

阿姨：这个世界就是全看我的心情。呵呵，还有我家
猪的心情。

她用力摇晃汽车店老板。

阿姨：还有我地里的土豆的心情。

她猛地放开手。

阿姨：我这就坐这辆漂亮的车回去。

她注意到喇叭。

阿姨：哎呀，这可爱的喇叭是干什么用的？

汽车店老板这才注意到喇叭。

汽车店老板：（独白）这……这……这是专门为新署长
特别定制的消防车。怎……怎……怎么办啊？

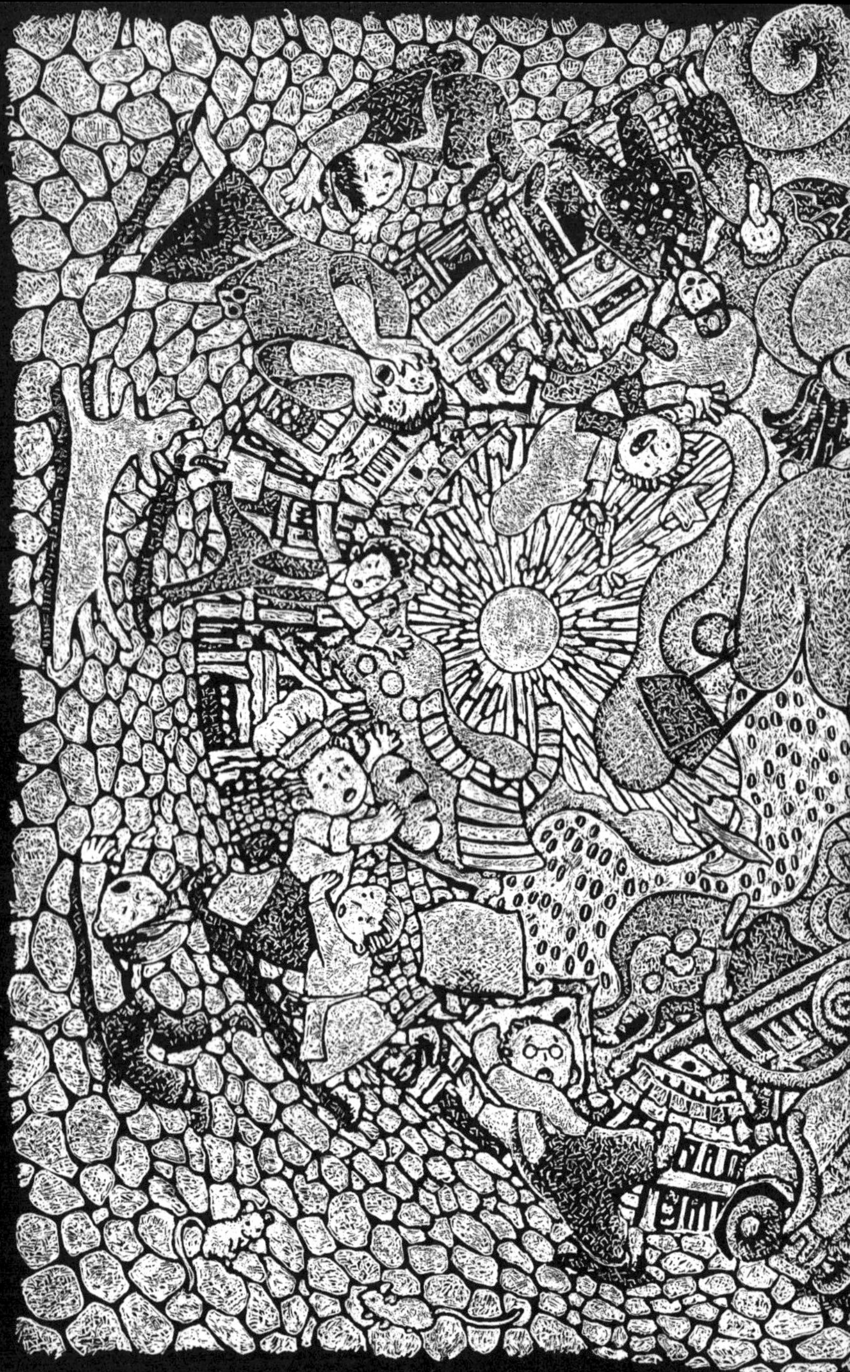

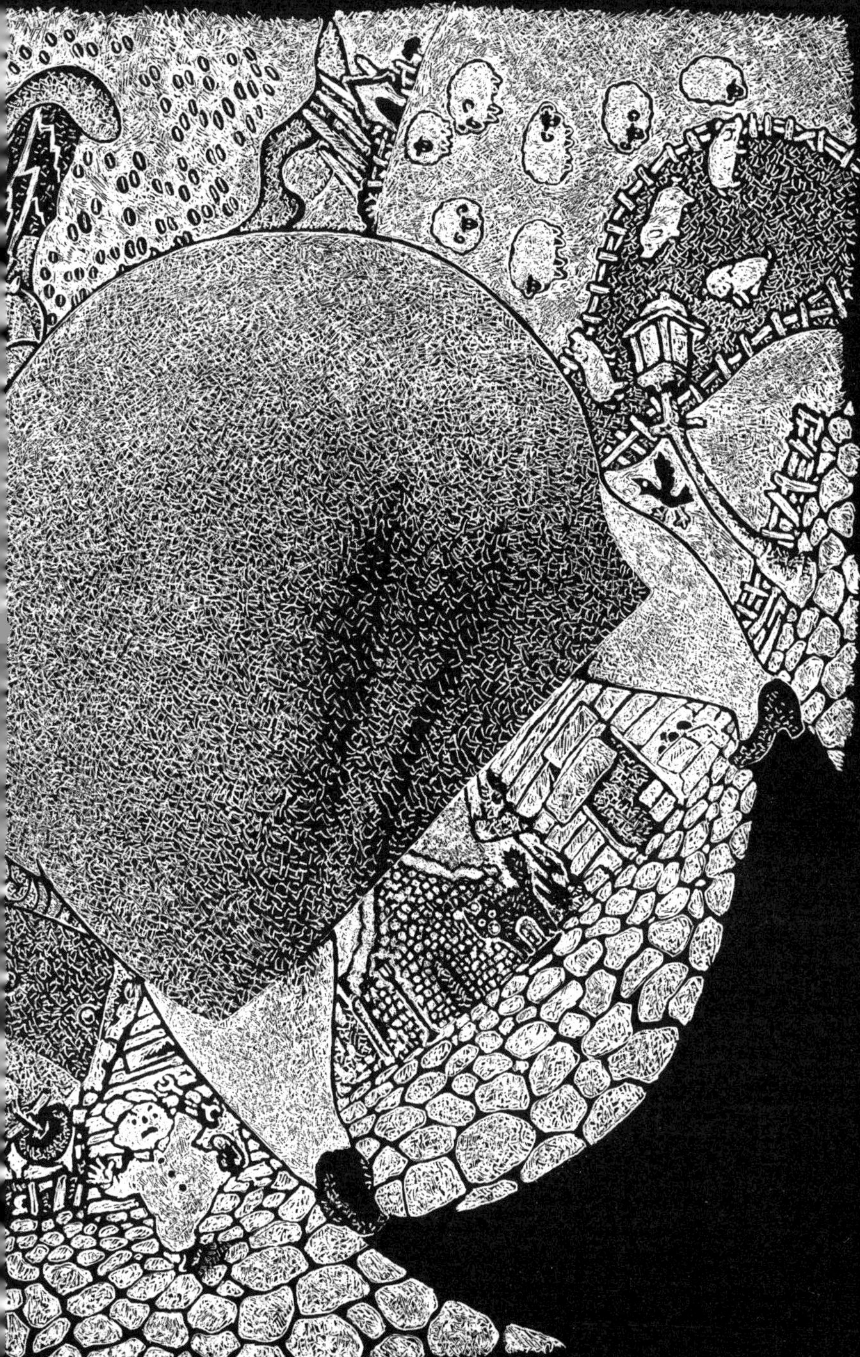

我就要自由

阿姨： 我说，这喇叭是干什么用的?

汽车店老板： 那……那是心情特别郁闷的时候，这么吧唧一摁，警铃就会嗷嗷响，心情就舒畅了。
（小声）完蛋了，村子的消防车没了。
阿姨： 我现在心情特别郁闷，特别想按按喇叭。
汽车店老板：（小声）完……完蛋了。这……这一按下去，要惊动整个村子啊。
（变了语调大声说）这车已经是你的了，想怎么按就怎么按。

阿姨伸出食指按了按钮。
警铃大作。

● **第三景 村中大道**

全村人都赶了过来。

锅店老板、洗衣店老板、花店老板、酒铺老板，还有署长和村长。

锅店老板：（竖起耳朵）难道走水了？

洗衣店老板：走水啦——走水啦——

花店老板：卖锅的，哪儿走水啦？

锅店老板：哪儿走水了？牛达[4]啊！交给我吧。

洗衣店老板：啊？

酒铺老板：也许是面包店。十年前那次走水也是在面包店。

洗衣店老板：你……你听到了吗？那……那个刚才就在那边呢。我可受不了。

锅店老板：走水了吧，我血液都沸腾了。对吧，那个也在那边吧。是不是？

洗衣店老板：我最讨厌走水了。但是更害怕那个。

锅店老板：（几乎要精神分裂）走水令我血液沸腾。（抬起右手）可……可……可是，那个让我浑身发冷。（左手瑟瑟发抖）

酒铺老板：我说啊……

署长：都干什么呢，准备出动。

锅店老板：署长你今天头天上班，才会这么说。虽然我喜欢走水多过吃饭，可我还是不过去。那个来了呀，那个！唉，白瞎了我沸腾的热血。

洗衣店老板： 村长！你快告诉他究竟是什么来了吧！

村长： 署长先生，这是村子有史以来面临的最糟糕的事态。这……这是大事不好了呀。

署长： 你在说什么呢？大事不好的是走水了。快，大家出动了。

锅店老板： 村……村长，这……这可怎么办？

村长：（拦住大家）冷静！要冷静……

署长：（大声）不准冷静！

锅店老板： 嗷——嗷——嗷，我这个大男人要哭了。呜哇——

洗衣店老板： 我才不要去。

花店老板： 小孩子一口就要被吃掉的！

酒铺老板： 不要，不要。我绝对不去。

署长： 都给我出动！

村长：（向天合掌）老天爷！请赐予我这辈子独一份的勇气吧。（对大家）为了村子，请大家豁出性命吧。

洗衣店老板： 对什么豁出性命？走水还是那个？

锅店老板： 村长……

村长：对，两个。

村民：做不到！

村长：是时候齐心协力保护这个村子了！

洗衣店老板：那怎么可能办到啊？

锅店老板：要是为了救火，我豁出性命也在所不惜。可是对上那个，我真的不行。

花店老板：究竟是哪里走水了？

酒铺老板：肯定有什么地方着火了！

署长：村长，你还在磨蹭什么？可……可是，为什么消防车在那边，还在那边鸣响了警笛？总而言之，大家快用水桶打水，集合到发出警笛的方向！

村长：要保护这个村子，要拯救这个村子！

锅店老板：知道了。去看看就是了。喂，走吧。

洗衣店老板：怎么办？怎么办？

一阵忙乱过后，所有人提着水桶跑向同一个方向。

花店老板：在哪儿呢？！

酒铺老板：村长！

署长： 先灭火！

锅店老板： 走水跟那个应该不在一处吧。

洗衣店老板： 要是在一处怎么办？糟糕了！

花店老板： 该怎么办啊？

酒铺老板： 我说，怎么办啊？

署长： 先灭火。

锅店老板： 总之过去吧。来，快走吧。

洗衣店老板： 糟糕了！糟糕了！

花店老板： 走水啦，走水啦。

酒铺老板： 走水啦，走水啦。

● **第四景　两边满是店铺的村中大道**

警笛呜呜叫唤。

阿姨： 知道啦，这下我知道啦。（捂着耳朵大声喊）快来人啊，关掉这吵闹的声音。

在"圆·儿童舞台"上演的传说——儿童戏剧

村民：这边，这边！（警笛响个不停）

村民们提着水桶赶了过来。

汽车店老板关掉了警笛。

村民们看见阿姨，齐刷刷地往后缩。

前面只剩下署长和村长（村长出于责任感，署长则什么都不知道）。

村长瑟瑟发抖，双手捂着脸。

阿姨呆呆地看着天空。

村长捂着脸，透过指缝偷看阿姨。

村长：啊，啊，她在发呆呢。我爷爷说，她发呆的时候最可怕了。我还是头一次亲眼看见。我已经当了三十年村长，什么大风大浪都见过，还见过下了七十五天的漫漫长雨。活生生的心情怪物。啊，她活着。在发呆，在发呆呢。听说她哪怕是涨红了脸大吼大叫，也还能放心一些。听说那顶多就是狂风暴雨外加大洪水。但是她发呆的时候，谁也不知道她接下来的心情是什么啊。因为她自己也不知道，所以才发呆呀。啊，搞不好是世界末日呢。我们历史悠久的村子恐怕要走到尽头了。为何偏偏是我当村长的时

179

候？啊，老天爷啊。

村长走向舞台边缘。

阿姨在舞台中央呆呆看天。

署长一寸寸挪向汽车店老板。他还不知道阿姨的可怕。

署长：喂，这究竟是怎么回事？喂！你给我说说这场骚动是怎么发生的。

汽车店老板：没什么好说的，我正好在做生意呢。

署长：这个红艳艳的巨大的女人究竟是什么人？村里哪儿来这么大的房子能装下她？喂！

村长晕了。汽车店老板也软绵绵地倒下了。

花店老板：村长？糟糕了。

酒铺老板：村长，振作点！（拉着村长走进店铺）

署长：（对汽车店老板）喂，你究竟卖什么给她了？

阿姨如梦初醒。

阿姨：你说什么？你说什么？我买的东西，就是这辆完美无瑕的车呀。最适合我的车。你快摸摸看。

署长无语。

署长：这……这是我订购的新型消防车。
阿姨：我想尽快开着它回家去。你快帮我算车钱。
汽车店老板：这辆车免费，村长已经付过钱了。
阿姨：哎呀，好像做梦一样。（坐上消防车）那我走啦……呀，不好，你帮我把买的东西都搬上来吧。

村民们争先恐后地帮阿姨搬物品。

汽车店老板：好啦，倒车。
署长：等等，等等，给我等一下——

村民们全都躲起来了。

我 就 要 自 由

● **第五景　村中广场**

阿姨驾驶消防车的声音渐渐远去。

村中一片寂静。

小鸟啁啁啾啾。

推动门板的响动。打开窗户的响动。

一个男孩子在暗处目睹了一切。

孩子A的声音： 妈妈，我能出去玩了吗？

锅店老板： 走了吗？

洗衣店老板： 应该没事了。

二人一人拉着汽车店老板的一只手停了下来。

汽车店老板脸上还挂着讨好的笑容。

大家都出来了。

还有人依旧提着水桶。

花店老板： 村长的椅子，村长的椅子。

面包店老板娘： 来啦来啦，村长请坐。（让他瘫在椅子上,给他扇扇子)村长,已经没事啦。

面包店老板拍拍汽车店老板的脸蛋。

饲料店老板:太可怜了。汽车店老板脑子都短路了。
面包店老板:哪儿能不短路啊?(对汽车店老板)喂,喂,你干得漂亮,太棒了。
服装店老板:呜哇——(哭了起来)我也好棒。现在想起来都要吓死了。(瑟瑟发抖)我还赚了那么多钱,好可怕,呜哇——!
锅店老板:我懂的,我懂的。想哭你就大声哭吧。

锅店老板抱着硕大的煎锅。

洗衣店老板:她也有可能走进我的店,结果只有我逃过一劫,真对不起。(哭了起来)
美发师:你啊,我说你啊,你别哭啊。(说着哭了起来)人家也……

村长醒了过来,拿起镜子补妆。

不一会儿,村长试图恢复威严。

村长: 这是村长的责任,也就是我的责任。

孩子们看见大人都在哭,高兴得不得了。

孩子们:(齐声)大人不能哭,大人不能哭。

他们在哭泣的大人周围跳起了舞。

署长呼哧带喘地跑了回来。

署长: 这究竟是怎么回事?这个……这个村子的消防车怎么办?身为署长,我一定要负起责任,坚决从那鲜红色的巨大女人手中夺回消防车。否则万一走水了,那可怎么办啊?

大家渐渐停止了哭泣。

面包店老板：夺……夺回消防车？怎么夺？

村长：那是不可能的。

村民：那是不可能的。

署长：不可能？胡说八道！她的行为跟强盗有什么不同？她不就是个鲜红的巨大的女人吗？

村民：嘘！

村长：那可不是单纯的鲜红的巨大的女人。

署长：难道是怪物不成？

村民：嘘……嘘！

村长：她可比怪物可怕多了。她是"心情"。世上没有什么东西比"心情"更可怕了。所有的天气都要看"心情"的心情。你明白了吗？

美发师：你明白了吗？

署长：那个大块头女人住在哪里？

村长：那座山丘上面。

署长：从什么时候开始的？

村长：很久很久以前。

署长：那她究竟几岁了？

村长：可能是二百岁，可能是三百岁。

署长： 该拿她怎么办？

村长： 只要她不生气……在"心情"心情好的时候，外面就会吹起舒服的小风，天空万里无云，气候清爽宜人。这个村子，你看看吧……可是，谁也不知道她什么时候心情变差，会因为什么生气。

汽车店老板： 有一回下了七十五天的绵绵细雨呢。

署长： 那是什么心情？

面包店老板： 我猜啊，她应该是郁闷了好久。

面包店老板娘： 不，应该是特别悲伤……

村长： 都因为她，我的风湿病彻底加重了。总之啊，简而言之，正因如此……

署长： 消防车……没有消防车的消防署的消防署长该怎么办？

村长： 开议会。我要召开紧急议会紧急讨论今后的各种问题……

署长： 讨论各种问题有什么用。消防车啊，消防车……

● **第六景　上学路上**

路路背着书包和水壶出门了。

村里的孩子成群结队从反方向走了过来。

路路： 早上好。

孩子 A： 啊,你是署长家的孩子?

孩子 B： 今天过来的转学生啊,一起去学校吧。

路路： 我才不去学校,我没空。

孩子 A： 哎,我们都是很闲才去上学的吗?

孩子 B： 其实我也没空上学。我可是钓鱼钓到一半出来的。

孩子 C： 真笨。我们不去上学,爸爸妈妈就没空了呀。照顾小孩很忙的。再说,我们不去上学,学校的老师就很闲了。

孩子 B： 不过,你不去上学,要去什么地方啊?

路路： 你管我去什么地方。反正是特别好的地方。

孩子 A： 一个人去?

路路： 嗯。

孩子 D：这孩子真小气，只顾自己好玩，一个人偷着乐。

路路：那一起去啊？

孩子 A：怎么去啊，我们要上学呢。不去上学，以后嫁不出去的。

路路：我才不要嫁人。

孩子 C：这孩子笨不笨啊。你是男生啊。走吧走吧，我们去告诉老师。

孩子 D：拜拜。（孩子们转身要走）

路路：我跟你们说啊，我要去找那个开消防车的阿姨。

孩子们：啊？那个心情老妖怪？

孩子 A：哇——

孩子 B：会死哟。

孩子 D：我告诉你爸爸妈妈咯。

孩子 C：我从来没见过你这样的人。

孩子 D：连大人都不这样。

孩子 A：小孩子都要藏在自己家衣柜里，不让阿姨看见。

孩子 B：没有人在还是小孩子的时候见过阿姨。

路路：我见到了。

孩子 A：啊？你骗人。

孩子 B：你害怕吗？

孩子 C：你没有被她一口吃掉吗？

孩子 D：她是不是长得比鬼怪还可怕？

路路：嗯，还好吧。

孩子 A：她是坏人啊。

路路：她好有趣，也好可怕。还让我特别兴奋。

孩子 B：你去找她干什么啊？

路路：找她玩。

孩子们：啊？你骗人。

孩子 A：不对，这孩子是消防署长家的孩子。刚才阿姨不是把消防车开走了吗？

孩子 B：这样署长很没面子啊，所以他要为爸爸报仇。

孩子 C：你是不是想找阿姨要回消防车啊？

路路：才不是。我就是去找她玩的。

孩子 A：这孩子什么都不懂。就因为什么都不懂，他才不害怕。

孩子 C：无所畏惧说的就是这种人。

路路： 啊？可是我看见了呀。她一点都不可怕。我好兴奋呢。

孩子 B： 你是不是在逞强耍酷啊？

路路： 顺着这条路一直走，就能到阿姨家吧。

孩子 C： 是……是……是吗？

孩子 D： 不是。

孩子 A： 不知道。

路路： 果然是。应该就是藏在云里的地方吧。

孩子 D： 不是。

路路： 原来真的是呀。那我走啦。（说完就离开了）

孩子 B： 这不是署长的责任啊。

孩子 C： 你快回来！

孩子 A： 别勉强自己呀！

孩子 B： 哇，他要被吃掉了。

孩子 C： 他要被大卸八块了。

孩子 D： 要狂风暴雨发大水了。

孩子 A： 好讨厌，本来只有一点云！讨厌！

孩子 B： 走吧走吧。（离开）

● 第七景 山丘上的阿姨家

阿姨架着消防车的梯子,爬上屋顶掏出烟囱里的小鸟,放飞到空中。

阿姨: 别再来了。(目送了一会儿)这东西真的很方便。

阿姨从篮子里拿出洗好的衣服,晾在消防车梯子上。
她盯着衣服看了一会儿,泡了茶拿到桌子上。

阿姨: 啊,哎呀哎呀。今天真的好忙。好充实啊。啊,心情真好。

阿姨伸了个大懒腰。
两只蝴蝶翩翩飞来,停在她的肩膀上。

阿姨:(高兴地)哎呀,你们是一对儿吗?(蝴蝶舞动翅膀)我是一个人,你们可别在我面前卿卿我我呀。

阿姨站起来晃动肩膀。

我 就 要 自 由

蝴蝶飞向舞台右侧,消失了。

路路大汗淋漓地爬山,从树丛中露出头来。

阿姨： 我以前也有丈夫。那是个高大威猛的好男人,性格温柔又勤快,头发垂在额头上。

青蛙蹦蹦跳跳地走来,跳上阿姨的椅子,然后跳上桌子。

阿姨： 哎呀,小青蛙。

一只更小的青蛙来了,也跳到桌子上。

阿姨： 你们是母子俩吗？哦？原来是母子俩啊。我可不给你们喝茶。这些茶要给特别的人喝。你们休息休息,去喝河里的水吧。

路路一会儿想出来,一会儿又缩回去……

两只青蛙蹦蹦跳跳地走了。

阿姨：我也有过孩子啊。香香软软的孩子。

安静而悲伤的歌。

阿姨：♪ 我是个年轻的母亲

　　　跟年轻英俊的丈夫一起

　　　过着幸福的日子

　　　有一天，年轻的丈夫背上枪

　　　奔赴战场了

　　　别走呀

　　　别走呀

　　　每天都有利箭飞来

　　　我的妈妈和姐姐

　　　她们都死了

　　　别死呀

别死呀

每天都有子弹飞来
隔壁的老爷爷和女孩子
被烧死让河水冲走了

好多人都死了
我抱着孩子逃走了
踏过了死人堆成的山
没有月亮的夜晚
穿过广阔的原野
只有树叶来充饥

好不容易逃到了这座山丘上
我的双脚已经沾满了泥泞和血污
可是我的孩子死了
我的孩子饿极了
饿死了

> 不能死
>
> 不能死

阿姨开始啜泣。安静地啜泣。

周围弥漫起蓝色的雾气。

路路悄悄走出来,轻抚阿姨的背。

路路: ♫ 不要哭呀

> 不要哭呀

阿姨: ♫ 伤心的时候就想哭泣

> 再让我哭一会儿吧
>
> 隐隐啜泣几十天
>
> 绵绵细雨下个不停
>
> 当泪水冻结的日子
>
> 我啊
>
> 就会呆呆地看着远方
>
> 一动也不动
>
> 看着看不见的远方
>
> 雪静静地下

我 就 要 自 由

   下个不停

   下个不停

   雪静静地下

路路：♫ 不要哭呀

   不要哭呀

阿姨抬起头，发现了路路。

阿姨： 哎呀，孩子，你都长这么大啦。啊，我的孩子。（抱紧）

路路： 我不是你的孩子，我是路路。

阿姨放开路路，仔细打量他。

阿姨： 你是谁？（擦眼泪）

路路： 我是路路呀。

阿姨： 你从哪里来？

路路： 山下的村子。

阿姨： 你来干什么？

路路：来玩。（射水枪）

阿姨：你一个人？

路路：嗯，我一个人。（射水枪）

阿姨：啊，我已经好几百年没见过小孩子了。每次到山下的村子，都见不到小孩子。

路路：因为阿姨一来，小孩子就都躲起来了。

阿姨：为什么？

路路：阿姨，你会吃小孩子吗？

阿姨：我吗？

路路：小孩子的肉好吃吗？

阿姨：我为什么要吃小孩子？

路路：怎么，原来你不吃啊。

阿姨：你想吃吗？

路路：我只想知道好不好吃。

阿姨：那你尝尝自己的脚吧。

路路：不要，那样会痛。

阿姨：这孩子真奇怪。你来干什么？

路路：我来玩啊。

阿姨：你要跟谁玩？

路路： 跟阿姨玩啊。啊，其实是骗你的。我能跟消防车玩吗？

阿姨： 你脸皮真厚。那辆车谁也不许碰。

路路： 可是那个大水管，能喷好多水吧。

阿姨： 嗯，比你那个强。（看着路路的水枪）

路路： 车上的梯子能伸好高吧？

阿姨： 呵呵呵，你猜。

路路： 阿姨，你不想上去看看吗？

阿姨： 哈哈，原来是这样啊。你想在梯子上干什么？等你走了，我就上去玩。

路路： 上了那个梯子，就能看到云朵上面有什么吧。

阿姨： 哦？那是当然。

路路： 要是在上面撒尿，会落到村子里吗？

阿姨： 你这孩子好脏啊。我才不会干那种坏事。果然不能让你玩。

路路： 小气！

阿姨： 小气就小气！！（气得满脸涨红）

闪电。

路路： 我也要，我也要放闪电。

阿姨： 不行，你还差一百年呢，哈哈哈。

路路四处走动。

路路： 阿姨，你能收我当徒弟吗？

阿姨： 啊，什么徒弟？

路路： 就是下雨下雪呀。

阿姨： 我又不是有意那样做的，自然而然就那样了。

路路： 那我也想变成自然。

阿姨： 你这孩子真的很奇怪。

路路： 那就只教下雨，只教下雨嘛。

阿姨： 你还这么小，连伤心是什么都不知道吧。

路路： 啊，我知道啊，我当然知道。我家狗狗约翰要是知道我使坏，把它的带骨肉喂给了隔壁的番茄，一时生气离家出走，一直离家出走，迷路了再也回不来了，我……（哭了起来）

我 就 要 自 由

路路的身边聚集起了小小的乌云,下起了小小的雨。路路越哭越伤心了。

阿姨: 然后呢?

路路: 要是约翰迷路了回不来,想过河回来,结果被水冲走了,抱着的木头也折断了……(真的伤心起来了)呜——

阿姨: 这下是真心的了。

路路抽咽着。

阿姨: 别哭了,好啦,(抱起来)别哭了。我看到别人伤心,自己也特别难过。

路路: 约翰……

阿姨: 没事的,没事的。

♪ 汪汪汪汪

我回来啦,我回来啦

小少爷,我只是出去小小地冒了个险哪

汪汪汪

我回来啦,我回来啦

小少爷

    你瞧,约翰回来啦。

路路: 真的,哈哈哈,太好了!

阿姨: 哈哈哈,真的太好了。

太阳金灿灿。

路路狡猾地看着消防车。

然后,跑向水管。

路路: 我们用这个下大雨吧。

阿姨: 这孩子真烦人。绝对不行。那是我最喜欢的水管了。

路路的眼神变得更狡猾了。

路路: 我爸爸是消防署的署长。

阿姨:(不屑一顾)所以呢?

路路: 他特别帅,穿制服特别好看,特别勇敢。

阿姨: 哦?

路路:(认真起来了)是真的呀。他连山火都能扑灭。他可是消防署的署长,专门灭火的。

阿姨：火灾算什么，我只要下一场大雨，就能灭掉了。

路路：他还会冲进熊熊燃烧的大火里，救出房子里的小婴儿呢。

阿姨：（呆滞）他能从火里救婴儿出来吗？

路路：不只是婴儿，我爸爸还能从着火的房子里救出生病的老爷爷呢。

阿姨：他能从火里救出老爷爷吗？

路路：可是，没有这辆消防车，爸爸就不能灭火了。

阿姨：哦？你很喜欢你爸爸呀。

路路：那当然了。

阿姨：那你也喜欢妈妈吧。

路路：那还用说。

阿姨盯着地面看了一会儿，然后唱起了歌。

阿姨：♩ 我流过的血泪

　　　　我的孩子啊

　　　　他死了

　　　　他死了

我挖了小小的墓穴

埋葬了小小的婴儿

我的头发倒竖

向天发出哀号

连续几百天地哀号

漆黑的天空没有一颗星星

我变成了暴风雨

呼唤孩子的声音

化作闪电

呼唤丈夫的声音

化作雷霆

我筋疲力尽地啜泣

雪花静静地飘落

遥远旷野的另一边

那些死去的人

我听见了他们的呼唤

我 就 要 自 由

    叫我替他们哭泣

    叫我替他们愤怒

    叫我替他们欢笑

    叫我替他们活着

    永远永远活下去

    还有小小的婴儿的呼唤

    替我看看美丽的花朵

    替我看看闪亮的星辰

    总有一天我会越过彩虹

    直到我越过大大的彩虹的那一天

阿姨啜泣着。

路路走到她身边。

路路： 别哭呀。

阿姨： 所以为了大家，我不能死。我在替大家哭泣、愤怒、欢笑。我的心里装满了许多人的感情。

路路：啊，所以今早阿姨一下子想起了好多事情。

阿姨：我有时候会这样。

路路：今早的天气真是太帅了。

阿姨：可是，我真的觉得已经太久太久了。老实说，阿姨有点累了。

路路：太久了？

阿姨：已经好几百年了。

路路：啊，好几百年！那也太酷了。

阿姨：才没有。我真的累了。

路路：你不想干了吗？

阿姨：如果可以的话。

路路：阿姨，你好辛苦呀。但我还是想像你一样变出各种各样的天气。

阿姨：路路自己心里就有各种各样的天气。你会打雷，还会下雪。刚才你不也真心为小狗哭泣了吗？那就叫作心情。

路路：哦，原来是这样啊。

远处传来合唱声。

我 就 要 自 由

♪替我看看美丽的花朵
　替我看看闪亮的星辰

　总有一天我会越过彩虹
　总有一天我会越过彩虹

阿姨：路路，我还不会造彩虹呢。

路路：彩虹，你说天上的彩虹？

阿姨：对，就是天上的彩虹。等我会造彩虹了，就不用替大家哭泣和愤怒了。因为这样大家就能越过彩虹了。

路路：彩虹啊——

阿姨：唉，算了。今天我心情好。还是喝茶吧。路路，你坐在那张特别准备的椅子上。

路路：它为什么特别呢？

阿姨：我也不知道，但我觉得自己一定在等某个人，某个特别的人。

路路：我可以当那个特别的人。

二人坐下来喝茶。路路摆弄着水枪。

阿姨：好想造彩虹啊。

路路：彩虹啊。

路路漫不经心地射水枪，空中出现了小小的彩虹。

阿姨、路路：啊，彩虹！小小的彩虹！

二人对视一眼。

他们同时跑向消防车，拽出水管开始喷水。

路路：哇，哇，好舒服！下雨啦。

不一会儿，舞台上出现了大大的彩虹。

阿姨和路路的背影。

蔚蓝天空中的彩虹——彩虹脚下渐渐升起了许多小小的光点。

慢慢地，光点越过了彩虹。

彩虹安静而缓慢地消失。

路路：彩虹！！

我 就 要 自 由

阿姨： 啊，大家都过去了。我的孩子，还有许许多多死去的人，终于越过了彩虹。

阿姨转向观众，呆然站立。

阿姨： 结束了。路路，我再也不用替大家哭泣、愤怒了。大家都越过彩虹，投入了神明的怀抱。路路，我现在是个普通的阿姨，我只需要拥有自己的心情了。

二人背过身，久久地注视着彩虹。

● **第八景 村中广场**

村长等人坐在圆桌旁开会。

村长、署长、汽车店老板、饲料店老板、服装店老板、面包店老板都聚在一起。

村长： 如此这般，考虑到我们村的特别情况——

汽车店老板： 总之就是跟别的村不一样。祖祖辈辈都这样。

服装店老板： 你只需要知道咱们无法违抗心情就好。

署长抱着胳膊陷入沉思。

面包店老板： 别担心，只要不走水就没事了。

署长： 不能这么说。总之，消防车就像人类的肚脐眼一样。

村长： 当然，消防车是必须要有的。这我很清楚。我会投入特别预算购买消防车。

饲料店老板： 啊，就是这样。什么问题都没有。

服装店老板： 对呀，这样就行了。但问题是消防车的颜色。不能要红色的消防车。

村长： 没错，问题就在这里。

署长： 好了，好了！颜色并不重要。重要的是消防车。知道了，把村里的消防车换成绿色的就行了。绿色应该没问题了吧，对不对？

我 就 要 自 由

众人：哦，署长先生，你很聪明嘛。

村长：绿色……

汽车店老板：绿色……

这时，远处传来了路路和阿姨开消防车的动静。

汽车店老板：喂……

服装店老板：喂……

饲料店老板：喂……

村长：啊，啊，啊……

引擎关闭。

路路跑了出来。

路路：爸爸，消防车回来了。喂，阿姨！

众人：啊？啊？骗人！

村长：啊啊，老天爷下凡了。老天爷啊，请原谅我。我还以为您在睡午觉呢。原来您醒了呀，啊，老天爷啊，真是太谢谢您了。

● 第九景　两边满是店铺的村中大道

大家都在升起卷闸门,打开窗户。

美发师在清扫门口的道路,还把其他店铺门口的路也扫了。

美发师: 躲开,躲开,快躲开。

汽车店老板: 啊,啊,啊,真是个好天气。

饲料店老板: 最近都有点松懈了,整天睡懒觉呢。啊,啊,啊。

美发师: 你就是这种人。

汽车店老板: 如此甚好,如此甚好啊。天空多么晴朗。我看啊,今天一整天都是好天气。

服装店老板: 哦,早上好啊。(打着响指)做生意做生意。

美发师: 你就是这种人。不过啊,我最近心情安定了不少。你看出来了没?连妆容都特别服帖了。你看啊,快看啊。

路路: 让我看看,让我看看。

美发师: 你还真是个讨人厌的孩子呢。

我 就 要 自 由

众人：早上好。（互相打招呼）

署长：早上好。

美发师：躲开点，躲开点。

署长：（跳到一旁）哎呀，辛苦了。

路路：哎，哎，快对我说"躲开点，躲开点"啊！

美发师：你啊，就是这样的孩子。你不用躲开。

路路蹦蹦跳跳。

孩子们都走出来了。

孩子们：早上好，早上好。

孩子 A：你在干什么呢？

孩子 B：他在跳绳。

署长看了一眼面包店。

署长：小心火烛，小心火烛。

妈妈：（跑出来）老公，伞啊，忘拿伞啦。最近的天气预报都特别准呢。

署长： 哦，我忘了。

阿姨开车过来的声音。面包店老板夫妻抱在一起。"小心火烛，小心火烛。"

汽车店老板： 哦，是山丘上的阿姨。
饲料店老板： 真的吗？（大家都竖起了耳朵）听那个动静，肯定没错了。

孩子们疯狂地奔走。"阿姨来啦！"

美发师： 哎呀，你瞧，你瞧，阿姨像不像人家？
饲料店老板： 哪里像了。她比你有女人味多了!!
服装店老板： 今天给她推荐一款帽子吧。
面包店老板： 你啊，就算她是普通的阿姨，也别太过分了。

阿姨登场。

我 就 要 自 由

署长： 早上好。

美发师： 哎哟，好久不见啦。

面包店老板： 早上好。

服装店老板： 天气真好啊。

汽车店老板： 今天有什么特别的事情吗？

阿姨： 当然有特别的事情啦。不对，也不算很特别。我就是来玩的。这不，打算去跟村长喝茶呢。

路路： 我也要喝茶。

阿姨： 你得去上学。快看，我带苹果派来了。

锅店老板和洗衣店老板从车上卸下了苹果派。

阿姨： 两位辛苦啦，真是帮大忙了。

锅店老板： 一点小事！

洗衣店老板： 何足挂齿。

孩子们： 我们也有苹果派吗？

阿姨： 当然啦，全村人都有。我烤了好多好多呢。

孩子们： 哇——

村长登场。

村长： 我好像闻到了苹果派的香味啊。

阿姨： 不愧是村长。我烤的苹果派，那香味绝对不会错。今天烤得特别好呢。

村长： 哎呀真高兴，哎呀真高兴。

妈妈： 哇，好香啊。你们说，对不对？

（众人哈哈大笑）

大家开始唱歌跳舞。

众人： ♪ 高兴的时候就大声笑

　　　　大声笑吧哈哈哈

　　　　太阳公公放光芒放光芒

　　　　心里的太阳

　　　　伤心的时候就哭吧呜呜

　　　　心里的雨点滴滴答答

　　　　滴滴答答

生气的时候就发怒吧

心里的狂风暴雨轰隆隆

轰隆隆

恣意肆虐也无妨

雪花飘飘的心情

大家侧耳倾听吧

悲伤和欢喜

最后都要

越过彩虹桥

化作闪闪的光点

越过彩虹桥

欢笑吧

愤怒吧

全心全意地

哭泣吧

最后都要

越过彩虹桥

化作光点

过去啦

过去啦

(完)

与诗人相恋，然后结婚——

我与谷川俊太郎

"温柔"这个词跟"爱"一样令我讨厌。

谷川俊太郎的三十三个提问

如果你心情很好,能否回答一下下面的部分或全部提问?有了你的回答,这篇作品才能成立。

佐野洋子: 这上面写着"如果你心情很好",而我心情特别不好,所以想回答了。

1. 金、银、铁、铝,你最喜欢哪一种?

佐野: 都不喜欢,因为我不喜欢金属。如果非要选,我喜欢舔锈得通红的铁钉。我小时候很喜欢舔生锈的铁钉,现在只要闻到铁锈味,我就觉得自己变成了马塞尔·普鲁斯特。我没有不高兴了。

2.请举例一样可以挥洒自如的工具。

佐野：菜刀。

3.你认为女人的脸和乳房哪个具有更强的性爱倾向？

佐野：女人也要对乳房产生性爱倾向吗？不过，我的确有感觉。最让我有感觉的是女同性恋的照片，请别误会，我问了好多朋友，她们都这么说。下次谷川先生也问问别人吧，虽然想不被当成变态非常难。如果你感兴趣，我可以详细回答。你就做成附录吧。

4.五十音图和伊吕波歌[5]，你更喜欢哪种？

佐野：伊吕波歌。你不觉得光写"伊吕波"这三个字就很官能吗？

5.现在最想问自己的是什么？

佐野：我只有好多问题想问你。

6.可曾喝过比宿醉醒来的清水更美味的酒？

佐野：不会喝酒的人别问这个。

7.假如有前世,你觉得自己是什么?

佐野: 狗,或者不是日本人的男人。我很确定。我特别记得自己当狗的时候,连那一天吹着什么样的风都记得清清楚楚。可是谷川先生,你自己都不相信前世吧。我还记得自己曾经是个年轻的男人,透过窗户看着外面的风景。不过你又不相信。我觉得谁听了都不会相信,要是有人信就好了。

8.草原、沙漠、岬角、广场、洞穴、河岸、海边、森林、冰河、沼泽、村郊、小岛……哪个地方最能让你感到平静?

佐野: 我喜欢草原,但是去了草原我就会害怕,很想早点回家。大海也一样。不过我偶尔也想躺在草原上,或是看看大海。我觉得旅行者的身份特别孤独,所以可能是想体会体会那种孤独吧。最能让我平静的地方应该是村郊,毕竟我祖上都是面朝黄土背朝天的农民。

9.能说说看见白色会联想到什么吗?

佐野: 我在御茶水的桥上把差劲到自己都不愿意拿起铅笔的第一张素描扔进了神田川。我的画纸翻了面飘在黝黑肮脏的水上，特别特别白。

10.请列举一两种喜欢的气味。

佐野： 油漆味。小时候公交车开过留下的汽油味。我最喜欢追着公交车边跑边吸。

11.如果可以的话，请定义"温柔"。

佐野： 定义不了。以前年轻，什么都愿意相信，我觉得温柔就是力量。现在回想起来，会那样想的我真的一点都不温柔。"温柔"这个词跟"爱"一样令我讨厌。人没了这两样东西明明活不下去，可一旦用语言去描述，它们就变得异常虚伪。正如强势推销让人难以忍受，世上真的有温柔的人吗？真的有不温柔的人吗？

我说，你为什么想问这个呢？

12.假如一天有二十五个小时，多出来的一个小时会干什么？

佐野： 睡觉。

13. 除了现在的工作，下面这些工作哪个更适合自己？——指挥家、调酒师、装裱师、网球教练、杀手、乞丐。

佐野：我觉得自己恐怕什么都做不好。做指挥家，我的整体把握能力不足；做调酒师，我对人的口味太挑剔了；做装裱师，我不够灵巧；做网球教练，我不够有气势；做杀手，我的眼睛太大了；做乞丐，我的熟人太多了。

14. 在什么情况下会体验到最强烈的恐惧？

佐野：假设我是老鼠，那么就是被关进捕鼠笼里，两只猫在外面围着我转，不时伸爪子进来抓我的时候。或者假设我是噼啪噼啪山的狸子[6]，坐的泥船渐渐化开的时候。

15. 为什么要结婚？

佐野：上天的指引。如果现在碰到指引我的那个上天，我会揍它。

16. 请举出一个讨厌的俗语。

佐野：勤则不匮。因为太真实了。

17. 请描述一下你心目中最理想的早晨。

佐野： 喜欢的男人躺在旁边。稍早以前还是讨厌的男人不在旁边。

18. 假设有一把椅子，你觉得那是什么样的椅子？请描述它的形状、材质、颜色和放置的地点。

佐野： 从垃圾场捡回来放在公共洗衣房里的弹簧都戳出来的扶手椅。上面摆着翻开的少年杂志。深土黄色。

19. 假如要来一场说走就走的旅行，你会选择东南西北哪个方向？

佐野： 我分不清东南西北，会一直往前走，走到路的尽头。到了尽头就向左拐。如果右拐不难就向右拐。然后去看海。

20. 你有没有从小到大一直带在身边的东西？

佐野： 没有。我搬了三十次家，还背着双肩包挂着水壶越过大海，自然不可能留下那种东西。你对我问这种问题不觉得很不礼貌吗？

21.如果光脚走路,在什么东西上面走最舒服?——大理石、牧草地、毛皮、木地板、泥地、榻榻米、沙滩。

佐野: 大理石和泥地。

22.你最容易犯的罪是什么?

佐野: 不知道是什么罪。我觉得只有杀人我不会做。

23.如果要杀人,你会选择什么手段?

佐野: 做不到。

24.你对裸体主义有什么看法?

佐野: 那样会丧失情色感,实在太浪费了。所以如果所有人都变成裸体主义者,那些特别好色的人就再也不会兴奋了吧。

25.请列举一样最理想的配菜。

佐野: 没有人会有固定的理想配菜吧。肚子饿的时候什么都好吃,伤心的时候什么都不想吃(虽然这是个特别正经的答案)。

26.发生大地震了,你会首先带走什么东西?

佐野: 隐形眼镜。

27. 外星人问你:"阿达马佩,普萨鲁涅,尤里卡。"你会怎么回答?

佐野: 我会回答"啊,什么?"。

28.你认为人类应该探索宇宙吗?

佐野: 我认为不应该。因为那是对神明、自然、人类自身的亵渎。但正因为是人类,所以会想进入宇宙。我认为这是人类的命运。毁灭人类的终将是对知识的渴望。

29.请讲讲你人生中最早的记忆。

佐野: 你可能不相信,我记得自己刚出生被放在脸盆里洗身子(是不是很像三岛由纪夫)。我记得肩膀上的纱布被热水浸湿了贴在身上的感觉。而且那盆水特别烫。是父亲端来的水。父亲让我屁股朝下泡进了脸盆里。屁股都快烫坏了。

30. 你为了什么，或者为了谁可以去死？

佐野：我不回答。

31. 你会用什么形式表达最深的感谢？

佐野：记一辈子。

32. 请说个自己最喜欢的笑话。

佐野：尽管我不想讨人嫌又长寿，但总好过人见人爱又短命。

33. 为什么会回答这些问题？

佐野：因为是你提的问题啊。

● 答题信的末尾——

> 早上好，要打起精神工作哟。
> …………
> …………
> …………
> …………
> …………
> …………
> …………
> …………
>
> 晚安，要好好休息哟。
>
> 你会夸奖我写的情书。
> 虽然会夸奖，却不会感动。我明知如此，但还是会写。
> 请你让我写下去吧。
> 你这个傻瓜蛋。
>
> （邮戳·一九××年六月一日 速递）

我与谷川俊太郎的日与夜

我与谷川先生已经交往了大约十二年,并于三年前登记结婚,所以现在是夫妻关系。

因为是夫妻,每天早晨醒来,谷川俊太郎都躺在我身边。我每天早晨都会看着他绿豆大的眼睛、朝两边飞起的鼻翼、内陷的嘴唇和衰老的皮肤发呆。我至少想要看着他发个一百二十分钟呆。因为我有低血压和抑郁症,早上很难起床,只能这么发呆。

谷川俊太郎会静静忍受我的发呆。只要我稍微中断一下,他就会趁机跳起来。

"等等,别走啊。"

我一把抓住谷川俊太郎的手腕。

"再让我发一会儿呆也无妨嘛。"

他老实得令人难以置信，回答道："嗯，可以，那我们发呆吧。"谷川俊太郎从来不会像我这样发呆。他发呆的时候，必须下定决心发呆。他有一个优点，就是做决定不花时间。不只是发呆，他在决定任何事情的时候，都不会左右为难、犹豫不决。真好。

"好了，怎么了？"

"我啊，一点都不觉得你是我的丈夫。我跟前夫结婚，三天就成了夫妻。可是跟你就不会，为什么呢？"

"嗯……"

谷川俊太郎从不会躺着回答问题。他会把枕头靠在床头，坐起来抱着胳膊回答问题。

这个问题多么无聊，这个话题何等琐碎，他本可以不理睬我。可是谷川俊太郎总会一本正经地认真思考。这样的态度，只能称之为诚恳。不过我也暗自猜测，他可能并不能理解提问内容的轻重缓急。总之我低血压起不来床，又不愿意独自躺着，必须恣意利用他的诚恳。

"那我是什么？"

"你啊,太过谷川俊太郎了。"

"要这么说,你也不是普通的老婆,而是赖床的佐野洋子啊。"

"所以啊,你看我不像你的妻子,我看你不像我的丈夫,你不觉得有问题吗?"

"不觉得。我们这是终极的男女关系。"

啊哈哈哈。

"你真是太好玩了。我跟你说,一般人开玩笑都是贬低自己,而你开玩笑总是抬高自己,这在别处可轻易见不到。别人听了,说不定会觉得你是笨蛋呢。"

"嗯,可能我就是个笨蛋。我有时会想,自己不过是个单纯的傻瓜蛋罢了。如果不做点事情,我就会坐立难安,然后变得忧心忡忡,觉得自己不配存在于地球上。"

"你不觉得活着很有意思吗?"

"不觉得。"

"我跟你说,看别人忙忙碌碌折腾一些很无聊的事情,不就很有意思吗?"

"没意思。我不关心那些。你是散文家,肯定觉得有意思。而我是诗人。"

不知为何，他的话在我耳中成了散文没有诗高贵，只是低俗不上档次的东西。

可我又觉得诗人在这个混沌的世界鹤立鸡群十分可怜，于是抬手轻抚他的秃头。摸着摸着，我愈发觉得他可怜，眼泪就落了下来。

"我真的很想帮助你。"

我开始从低血压中恢复过来了。人的不幸能让人重新振作。

"谢谢。不过诗就是这样的。"

"嗯，米兰·昆德拉说过，诗就像柠檬汁，给世界淋上真实的精华。"

只要从低血压中恢复过来，我就是个单纯的坏心眼的女人。

"可是人类偏偏需要它。那个，我能起来了吗？"

"没办法，那你起来吧。"

谷川俊太郎瞬间脱掉了睡衣，套上牛仔裤和T恤奔向厨房。这并非夸张，他是真的在奔跑。咔嚓、哗啦、砰咚、啪嗒、嘎——我还赖在床上，不知该怎么度过这一天。去看牙医好呢，还是去买画具好呢？是不是该写写过了交稿期限的文章呢？怎么办啊，什么都不想做。屋子需要收拾了，还得去买白砂糖和萝卜。啊……啊……啊……

谷川俊太郎为了照顾低血压的我，专门做了一张卧床用的桌子。那张桌子底下安了滚轮，桌面又细又长，可以横跨整张双人床。他一想到这个主意，当天夜里就做出来了。

"给。"谷川俊太郎给我拿来了果汁。刚才那阵漫长的嘎嘎声，是他在操作榨汁机。

"真的像做梦一样啊。"我每天早晨都会高喊。

喊着喊着，桌上就摆好了烤吐司、鸡蛋和咖啡。谷川俊太郎再一次坐到我旁边，迫不及待地吃起了吐司。

刚开始同居时，他提出他来做早餐。我本以为他很快就会厌倦，但谷川俊太郎是个有恒心的人。他恐怕就算爬着下床，也会坚持做早餐。

"今天准备做什么？"

我戳着煎鸡蛋问道。

"去邮局和银行。"

他每天都去邮局和银行。

"两点在咖啡馆开会，中间如果有时间就去秋叶原。反正顺路，我把你的存折也更新一下吧，你记得拿出来。"

"不用了，等我有心情就自己去。"

"别客气了。你准备做什么？"

"不知道。你没有截稿日吗？"

"一个月后要交的昨天就写完了。"

"你笨不笨啊，当然要到了截稿日才开始写啊。我们实在太不一样了，将来可能会分开呢。我这么懒惰，你都不会烦吗？"

"不会啊。吃完没？吃完我就收拾了。"

"等等啊，别做什么事都那么着急嘛。"

"没有着急，只是习惯而已。"

从不着急的谷川俊太郎着急忙慌地收拾了餐具，嗒嗒嗒地跑下楼梯。

他拿了报纸，又拿了香烟上来。

哗啦哗啦。

"啊，努里耶夫死了。"

"因为艾滋病？"

"应该是。那个，我能去大便吗？"

"如果我说不行呢？"

"那就不去。"

"你能忍住吗？"

"能忍住。"

"那十分钟后还能拉出来吗？"

"能。"

谷川俊太郎吸了一口褐色的"MORE"（极）牌薄荷烟，吐出一阵烟雾看向远方。所谓的远方，就是隔壁家的榉树枝叶间透出的天空。他的目光极其深远，不愧是诗人的双眼。一开始，我只要看到那双眼睛，心里就会充满尊敬和畏惧，静静地为他感到骄傲。

"你刚才是不是想，等到开完会了再去秋叶原？"

"你怎么知道？"

"因为你刚才的眼神，在别人看来就是诗人的眼神。"

谷川俊太郎露出诗人的眼神沉默不语时，绝对是在想当天的行程。他在开车时若露出苦苦沉思的表情，那就是在思考路线。

香烟化作灰烬后，谷川俊太郎拿起报纸的广告，走进厕所里逐一仔细查看。

这时，我终于披上晨袍，在他旁边洗漱起来。

每天晚上十点，谷川俊太郎一定要看卫星放映的电影。

他很喜欢外国人演的电影。

我花了整整五年才说服他看阿寅[7]。

他陪我看过一段时间的阿寅，但很快就厌倦了。他说听到演歌就想吐。

只要电影里有外国人，B级以下的他也能看到最后。

回想起战后食物匮乏的年代，我记得自己曾踩着木屐，手握山芋站立。那年我可能有六岁左右。无论我怎么想象，十三岁的谷川俊太郎都只能是手握可口可乐，穿着正经鞋子的模样。

电影结束后，他就着急忙慌地准备睡觉。我慢吞吞地准备睡觉时，谷川俊太郎已经往卧床用的桌子上堆了好几本讲古董收音机的书，着迷地盯着看。

大约两年前，他开始狂热地收集古董收音机。

一下子就收集了五十台左右。

甚至弄了个修理收音机的房间。

"因为我曾经是钟爱收音机的少年。"

这个秃头大叔手握电烙铁，久久沉迷其中。

看着他的背影，我会莫名感到庄严肃穆。

在我眼中，他像是厌倦了这个世界，好不容易才抓住了收音机，试图通过它与世界保持联系。

"我说，你还有想要的收音机吗？"

我摸索着钻进被窝，问了一句。

"不知道。也许没有了。就算有，恐怕也特别贵。"

"要是没有了想要的东西，你会怎么样？"

"会无聊。"

"可是，也许在你想不到的地方，会突然蹦出一大堆漂亮的收音机哟。"

"那样我肯定会腻的。"

我又想落泪了。

我轻抚着他的肩膀说：

"我不会腻味的。来，跟着我说一遍。"

"说不出来。"

"那样你不就能写出不是别人提要求的诗了吗？"

"现在早已不是那样的世道了。无论是谁写什么东西，都没有了感觉。我尤其如此。"

"你想死吗？"

"我不想死,但也不想活下去。而且我不是那种内心自然涌出文字的类型,而是拼命回应世人要求的类型。我没有那种即使没人看也忍不住要写的冲动。"

"你看这台收音机,要是能见到这个跳舞女孩的系列,你一定很高兴吧。"

"这可不是轻易能见到的。"

"但也不是不可能啊。而且,你现在还没腻吧。"

"你不用担心。"

"我很担心。"

"我也很担心。"

"不过,只要再多活一口气,很快就结束了。"

"是啊是啊,我已经不年轻了,真是太好了。"

"是啊是啊。不过你们家有长寿基因,就算我死了,你恐怕还能再活二十年呢。"

我就是这种说话很多余的女人。我总是先把话说了,然后才细细思索。

诗人合上收音机的书,关了电灯。他脑袋一沾上枕头,就像天使一般香甜地睡了。

我细细思量着厌世诗人的灵魂将去往何方。久久不能

我就要自由

罢休。

　　我放弃了拥有丈夫的希望。在我身边睡得香甜的这个人不是丈夫，而是诗人。

　　我在黑暗中久久地睁着眼，多么希望自己拥有一个丈夫，而不是诗人。

　　低血压的人很难入睡。

(《再续·谷川俊太郎诗集》，思潮社，

现代诗文库109/1993年刊收录)

1994 旅行记

四月二十五日（括号内容为谷川俊太郎所注）

九点，我们两人上了酒店专用的游船"幻想曲Ⅲ"。船票一万日元。船上有崭新的客舱，都铺着地毯，地板也打了足有一毫米厚的闪闪发光的蜡。（其实地板蜡已经斑斑驳驳，应该重新打一遍了。）来到严岛的红色鸟居[8]附近，那鸟居十分硕大。因为宫岛是神岛，上面特别干净整洁。我虽然是生平头一次来到这个地方，不过那座矗立在水上的鸟居的照片随处可见，所以第一次亲眼见到时，我内心涌出了不满，既不感到惊讶，也没什么特别的想法，只冷着一张脸。(但是妻子特别兴奋。丈夫拿着船上配的望远镜遥望远处的牡蛎养殖船,满心以为自己成了小津安二郎[9]。)

神社柱子的橙色让人怀疑里面加了荧光色,不是特别好看。这种跳跃的红色就该配祖母绿啊。如果在正确的位置搭配一点祖母绿,就能让人安心了。(下次得跟她去日光的东照宫看看。)八百年来一直有红色鸟居矗立在海上的日本,不知毛唐[10]会做何感想。我又在脑子里编起了专门给毛唐用的介绍:"八百年前,日本有两个势均力敌的家族,分别为平氏家族与源氏家族,平家一度获得胜利,迅速扩张势力,最后变得骄奢淫逸,实施暴政……"但我只构思到骄奢淫逸这部分就放弃了。(可能因为"骄奢淫逸"不好翻译成英语吧。)水里有一座被台风摧毁,目前正在修复的能乐舞台,不过水中的能乐舞台这种东西,确实体现了日本艺术的细致之处。另外,可能因为是国宝或重要文化财产,修复的工地上还有一些工匠,正在极其小心地把倾覆的屋顶安放回去,让人一会儿紧张得大喘气,一会儿又如释重负。也不知最后能不能修好。

整个宫岛都只卖枫叶形状的铜锣烧和饭铲仙贝,我又有点担心他们这生意能不能做下去,可能是多管闲事了。

（这应该是妻子一边啃饭铲仙贝一边做的思考。）又脏又瘦的鹿像得了抑郁症一样垂头丧气地在岛上走来走去。宫岛的鹿跟奈良的鹿没有来往，应该不会心理不平衡。然而即使没有艳羡的对象，鹿可能也知道什么叫不幸。（我们在宫岛还逛了宝物殿和历史民俗资料馆。丈夫很感慨以前的人写字都那么漂亮。如果光用打字机码字，肯定练不出一手好字。）

我 就 要 自 由

　　最让我心情烦躁而难以忍受的，是广岛去大阪的路上有很多隧道。看不了书。即使是大白天，隧道里也很黑。而且刚刚努力适应了黑暗，隧道就没了，周围又是一片光明。还没来得及感叹，又钻进了另一个隧道。本以为又是很短的隧道，干脆闭上眼睛等，结果怎么都等不到头。既然隧道这么长，不如看书吧。拿起书的瞬间，隧道又没了。刚要无奈地开始看字，前面又是隧道。这下就算再亮起来我也不会掉以轻心了。我忍耐着周围的光亮，忍耐着不去看书，但唯独这种时候迟迟等不到下一个隧道。反正我就是老花眼越来越严重，没法很快适应明暗变化了。如果是小孩子，忽明忽暗的肯定很高兴吧。（之后，妻子睡了一路。）

　　彼得屋的女老板母女俩带着穴子便当[11]到宫岛口的JR车站来送我们了。我们一坐上新干线就打开了便当。（事情不按时间顺序排列也是妻子写日记的特征。）

图：佐野洋子

（ CHILDREN BOOK CLUB, HEN 16 号，1994 年 6 月 1 日，
广岛童书专卖店《彼得屋》发行 ）

编者寄语

"也许是因为一直没把写文章当成主业，我从未主动有过想写文章的想法。只要有人约稿，我就随便写写。就算印刷发行了，我也是随手一放，最后往往不记得放在了什么地方，却也不会在意。因为一在意就得满屋子翻找，我觉得太麻烦了。"（摘自《不记得》后记）

因为这样，给佐野洋子编书特别累人。但是不知为何，经过了好多年还是能找到未曾收录的作品，就像埋在地里的宝藏一样。

本书收录的作品，几乎都是作者去世十年后仍在不断"被发现"的从未被收录在单行本中的作品。

每篇作品都选自杂志的切页或手写稿，很多都不知发表在什么地方。插图自然找不到原画，只能从杂志转载，或是另请几位插画师重画。

最让人惊讶的是《我的服装变迁史》。它竟然是手写文章[12]配插画！这是四十多年前被悄无声息地收录在"我们那一代"系列单行本中的作品。另外还有话剧。洋子女士共有三部话剧作品，本书有幸收录了第一次成书的其中一部。这部话剧是题为《儿童剧场》的系列作品之一，内容是读来令人开怀的奇幻故事。本书使用的插画选自话剧传单[13]（因为找不到原画，特邀请设计师野泽享子复制了一版）。《谷川俊太郎的三十三个提问》（写给谷川先生的信件，当然未在别处发表过）是谷川先生提供的稿件。除此之外，还有许多连死忠读者都从未见过的作品，可谓干货满满。本书得到了管理洋子女士著作权的次郎长办公室的优秀工作人员的配合才得以完成，真是可喜可贺。宝藏的发掘仍将继续。（刘谷政则）

注释

1. "奥特曼"系列中奥特曼使用的必杀技。

2. "二战"时期的日本国民服。由于战时和战后物资短缺，普遍使用和服面料改做这种西式服装。——译者注（如无特殊说明，皆为编者注）

3. 兜裆布的一种，因越中太守细川忠兴首先穿用而得名。

4. 日本地名。"込"为和制汉字。江户时代牛込常发生火灾。

5. 五十音图为现代日语教育中普遍使用的假名表，以"行"和"段"的关系记忆日语假名发音。伊吕波歌创作于10世纪末到11世纪中叶之间，是一篇没有重复假名的47字韵文，用以学习假名。——译者注

6. 日本民间故事中的角色。故事讲了邪恶的狸子杀死了老奶奶，兔子帮助老爷爷向狸子复仇。

7. 电影"寅次郎的故事"系列的主人公。

8. 日本神道教神社的牌坊。其特征是两根圆柱，上承两端探出两柱外侧的横梁，其下另有一横梁，多为淡红色。

9. 日本导演、编剧。代表作品有《东京物语》《彼岸花》等。——译者注

10. 指毛色不一样的人,是旧时日本人用于称呼外国人的蔑称。——译者注

11. 宫岛美食。"穴子"即星鳗。

12. 原版书中这部分文章内容为手写。

13. 即原版书的封面图。

Original Japanese title: SANO YOKO TOTTEOKI SAKUHINSHU
Copyright © JIROCHO, Inc. 2021
Japanese edition published by Chikumashobo Ltd.
Simplified Chinese translation rights arranged with Chikumashobo Ltd.
through The English Agency (Japan) Ltd. and Qiantaiyang Cultural Development (Beijing) Co., Ltd.

© 中南博集天卷文化传媒有限公司。本书版权受法律保护。未经权利人许可，任何人不得以任何方式使用本书包括正文、插图、封面、版式等任何部分内容，违者将受到法律制裁。

著作权合同登记号：图字 18-2023-101

图书在版编目（CIP）数据

我就要自由 /（日）佐野洋子著；吕灵芝译 . -- 长沙：湖南文艺出版社，2024.3
ISBN 978-7-5726-1214-5

Ⅰ. ①我… Ⅱ. ①佐… ②吕… Ⅲ. ①日本文学—现代文学—作品综合集　Ⅳ. ① I313.15

中国国家版本馆 CIP 数据核字（2023）第 095110 号

上架建议：日本文学·文集

WO JIU YAO ZIYOU
我就要自由

著　　者：[日]佐野洋子
译　　者：吕灵芝
出 版 人：陈新文
责任编辑：匡杨乐
监　　制：毛闽峰
策划编辑：陈　鹏
特约编辑：朱东冬
版权支持：金　哲
营销编辑：宋静雯　刘　珣　焦亚楠
内文手书：周雅堃
封面插图：佐野洋子
封面设计：山川制本 workshop
版式设计：梁秋晨
出　　版：湖南文艺出版社
　　　　　（长沙市雨花区东二环一段 508 号　邮编：410014）
网　　址：www.hnwy.net
印　　刷：北京中科印刷有限公司
经　　销：新华书店
开　　本：775 mm × 1120 mm　1/32
字　　数：134 千字
印　　张：8
版　　次：2024 年 3 月第 1 版
印　　次：2024 年 3 月第 1 次印刷
书　　号：ISBN 978-7-5726-1214-5
定　　价：48.00 元

若有质量问题，请致电质量监督电话：010-59096394
团购电话：010-59320018